餓鬼道巡行

町田　康

幻冬舎文庫

もくじ

餓鬼道巡行

第一回
ミゼラブルな生活からの脱却

人間が生きる場合、どうしても生活というものをしなければならないというのは実に面倒のくさいことで、私は若い頃より、その面倒のくささをなんとかできないものか、と様々に努力、家賃というものを一切支払わないでアパートを追放されたり、厳冬期に冷素麺を食べて腹痛に苦しむなどして心と身体と人間性を砕いてきた。

結果どうなったか？　まったくどうにもならなかった。ただただ極度の偏屈になっただけで、相変わらず生活をしないと生きていけないという情けない体たらくである。

そこで私は人気のない河原に行き、黒革ジャンパーを着て首に白い人絹のマフラーを巻き、下半身はパンツ一丁という恰好で、右手に氷殺ジェット、左手に折り鶴を持ちたるうえ、口には真紅の薔薇を咥(くわ)え、

「つまり人間というのはどうしたって生活をしなければならない情けない存在なんだよ。寂しいよね」

と、嘯(うそぶ)いてみた。

そしたらどうなったか。別にどうにもならなかった。これまで通りの生活があった。薔薇はスローモーションで石だらけの河原に落ちていき、遠くの国道の橋の上を荷物を満載した貨物車が人体にとって有毒な排ガスと粉塵をまき散らしながら行き来していた。対岸の旅荘の物干に手拭、タオル、猿股が大量に干してあった。私は徒歩で家に帰った。とほほ。杜甫李白白居易。

それで家に帰り、ならば……、と考えた。

どう転んでも、どうあがいてもやってやらなければならないのであればとことんやってやろうじゃないか、と考えたのである。そして、スネアードラムを、トコトーン、と叩きたいような気持ちになったのである。しかし、家にスネアードラムはなく、以前の自分であれば、ないものは仕方ない、と諦めていたのを、だったら、わざわざ買い求めてでも、トコトーン、と叩く、すなわち、さほどに貪欲に生活というものをやってやろう、と思うにいたったのである。

と言うと、いままで私が生活をしないで生きてきたように聞こえるが勿論そんなことなく、私とて生活はしてきた。ただ、面倒がくさいなあ、と思いつつ、いやいややっているものだから、ろくな生活ではなく、ひっじょーにさもしい、ひっじょーにミゼラブルな生活であった。どこの家にでも普通にある、饂飩（うどん）丼、蕎麦猪口、チーズナイフ、ワイングラス、ランチョンマットといったものもなく、コンビニで買ってきた銀鍋饂飩を新聞紙のうえで食らい、チーズなんてなものは切れてるチーズオンリーで、固いタイプのチーズはへし折って食らっていたし、ワインも焼酎もコーヒーも、変な、愚民が舌を出して笑っている絵が印刷してあるマグカップで飲んでいた。今般、私がしようと思ったのは、そういう悲惨な生活ではなく、もっと素敵、快適な生活である。

　それで、よーし、やるぞお。生活。と勢いごんでみたのだけれども、これまで素敵快適な生活というのをやったことがないので、どうやっていいのかが皆目わからない。

　それでどうしたかというと、生活のやり方が載ってそうな、クウネルとかチルチンびととかクロワッサンといった雑誌をたくさん買ってきて精読、生活のやり方を研究した。

　それでひとつわかったのは、生活、それも底辺の生活ではなく、素敵快適な生活をするためには、生活から生活をしている感じをなくすることが必要だ、ということである。

　ちょっと聞いただけだと、なにを訳のわからぬことを言っているのだ、という気持ちになってくる。だってそうだろう、野球をしていれば野球をしているのだから人間は野球をしている感じを抱くのであり、ホッケーをしている感じを抱くことはけっしてない。オルガンを弾いていたらオルガンを弾いている感じがするし、パチンコをしていたらパチンコをしている感じがする。

同様に生活をしていたら生活をしている感じがする。ところが、これがいかん、というのである。

どういうことかというと、生活をするためにはいろんな生活用具というものが必要になってくる。

猿股、シャンプー、鼻毛カッター、鍋つかみ、柄杓、カフェオレボウル、ストローハット、すのこ、柔軟剤、鬼おろし、S字フック、木工用ボンド、ねじ、ドライバー、入浴剤、吸引カップ、ピップエレキバン、ボラギノールS軟膏、文庫本、雑誌、薬缶、饂飩玉、生米、紙屑籠、メンズ牛革ハーフパンツ、ヘップサンダル、バナジウム天然水、ずんだ餅、笹餅、オーディオ装置、テレビジョン、充電器、鍵、リモートコントローラー、壺、桶、三角コーナー、牛乳、タニシ、請求書、流し台、古新聞、湯沸かしポット、etc.etc.……、といった、書ききれないくらいの生活用具が必要になってくるのであるが、そういったものから、生活感、という、ある種、気体のようなものが揮発しており、その気体が一定の濃度を超えると息苦しくなってきて、素敵快適な生活ができなくなってくるのである。

じゃあ、どうすればよいのだ。山中で原始生活をすればよいのか。洞穴に居住して、狸やももんがをとらまえて殺害、下着もつけず素肌にその獣皮を纏い、その骨付き肉を生火でローストして塩もつけずに食らえばよいのか、ってことになるが、塩分を取らないと人間は生きていけないし、じゃあ、というので最低限、塩だけはコンビニで買って持っていくか、ということにした場合、哀しいかな、洞穴に塩の壜がひとつあると、周囲が自然素材な分、よりいっそうの生活感が漂うのである。

となるといよいよ困ったということになるが、心配には及ばない、私の研究によると、そんな途轍もない苦労をしなくとも、生活用具から揮発する生活感を、まったく消すことは勿論、不可能だが、生活感を軽減する方法がいくつか存在し、それを実地にやってみることで素敵快適な生活は十分に実現可能なのである。

どうすればよいのか。勿体ぶっていても仕方ない、具体的に言おう。まず、最初に考えられるのは、収納、という概念である。

どういうことかというと、そうした生活感を揮発する生活用具を箱や戸棚に密閉して揮発した生活感が家屋内に充満しないようにしよう、という考え方である。

と言うと、大胆・奇抜な考え方であるが、意外とそうでもなく、例えば我が国の伝統的な家屋には押し入れ、納戸というものがあり、布団などの生活用具はこれに収納していたのである。

しかし収納といっても、その空間には限りがあり、すべての生活用具を収納するのは不可能だし、常に手元に置いておきたいものというのは必ずあって、例えば、エアーコンディショナーやテレビジョンのリモートコントローラーなどというものは、立ち上がって器具・機械のところまでいかずにそれを操作できるところにその真価があるのであり、カウチより立ち上がって押し入れまでいき、なかからこれを取り出したるうえでカウチに戻り、これを操作するのではなんの意味もない。つか、それだったら直接、テレビジョンの釦(ボタン)を押した方が早い。

そこで、次なる方策としてあるのは、デザイン、意匠、という考え方である。

どういうことかというと、例えば掃除機、洗濯機、扇風機、炊飯器、冷蔵庫などという業界で、生活家電、と呼ばれる生活用具は大量の生活感を揮発する。理由はその外観がきわめて珍妙・滑稽・不細工であるからである。そこで、それは外国製であることが多いのだが、それに珍妙・滑稽・不細工でない意匠を施した生活家電製品というのが主に都心部にある家電や家具を扱うショップに行くと売っているのである。

家屋内にある生活家電製品をこれらに替えることによって揮発する生活感はグンと減る。ただし注意しなければならないのは、価格の安いパチモンを購入しないことである。そういうものは、かえって大量の生活感を揮発する。

さらには、洗剤やミネラルウォーターやドレッシングや消臭剤などというものから揮発する生活感を軽減する方途もある。

どういうことかというと、それらから揮発する生活感を綿密に調べたところ、生活感はそれらのボトルから揮発しているのではなく、酵素パワーがどうしたとか、富士山の恵みがどうのこうのとか、カロリーが二分の一だとか、いろいろとうるさいことを四の五の言っているラベルから揮発していることがわかったのである。

そこでこれらを目に一丁字もない言語のラベルが貼られた外国製のものに取り替える。そうすると、そうした生活のリアルな部分を大声で叫んでいる文字から揮発する耐え難い生活感をゼロに抑えることができるのである。

ただ問題なのはそれらの価格が通常のものよりもやや高い、という点で格差社会と言われる昨今、すべての世帯が平等にこれを購入できるとは限らない。

そこでさらに考えられるのが、自然素材という考え方で、プラスチック製品からは膨大な生活感が揮発している。それを木、竹、鋳鉄、アルミニウム、金、銀、銅といった自然の素材に変更するのである。このことによって揮発する生活感がグンと軽減される。ただし、鉛はやめたほうがよい。鉛を食器に使うと、鉛毒で死ぬからである。

と、四点の生活感の軽減法を述べたが、さらに窮極の軽減法があり、これについてのご紹介をいたしたい。

第二回
窮極の生活感軽減法

勿体ぶっても仕方ない、ずばり言おう。どのようにすればよいかというと、これまでは住宅の中にあって生活感を発散する物品について考えてきたのだがそうではなく、発想を変え、住居そのもの、家屋そのものから生活感を消してしまえばよいのである。

どういうことかというと、解体屋さんの方にお願いして、といっても金を払うのだから、お願いして、などとへりくだることはなにもない、発注して、と平たく言ってもいいし、もっと言うと、解体屋に命じて、と尊大な感じで言ってもまったく問題は生じない、というのはまあよいとして、とにかく解体屋に家を解体してもらう。

なんでそんなことをするのかというと、個人の家屋というのはご案内の通り、個人が生活するために設計・施工がなされているため、その全体から大量の生活感が揮発しており、その量は洗剤の箱やずんだ餅の比ではない。なぜなら家と餅を比べれば家の方が遥かに大きいからである。

でもそりゃ当たり前の話で、家より大きい餅があったら、その餅を家の中で食べることはできない。しかし、やはり餅は家の中で焼いて食べた方が落ち着く。だから多くの家は餅より大きいのである。っていうか、餅どころではない、大抵の家はオルガンよりも、クルマよりも大きいのである。

といって際限なく野放図に大きい訳ではない。例えば、パイプオルガンよりは小さいし、クレーン車よりは小さい。と言うと、「さっき、オルガンより大きい、って言ったじゃないかあ。クルマより大きい、って言ったじゃないかあ。どうしてくれる」とクレーム・苦情を言ってくる人があるかもしれないが、それは普通のオルガン、普通のクルマのつもりで言ったのであって、それによって心が傷つく人があったのであればオレ的には陳謝します。

というのはまあ別の話として、ここでは、とにかく家というのは大きく、それゆえ揮発する生活感も多量である、ということだけを理解すればよい。

しかし、私の議論が乱暴な議論であることは確かだ。なぜなら、家を壊してしまえ、というのはいわば、洗剤の箱が生活感を発散するのであれば、洗剤を家庭から放逐してしまえ、と言っているのと同じことで、もっと言うと、人類の活動に伴う二酸化炭素の発生が地球環境を損なうから人類を根絶してしまえ、と言っているのと同じだからである。

これを称して本末転倒、しかしご安心を願いたい。もちろん、ただ単に家屋を破壊するだけなら、或いはそうであろうが、そうでなく、私は、家屋を破壊した後、解体屋さんにお願い……じゃなかった、命じて、外壁や屋根や柱や土台や基礎コンクリートが砕け、粉々になった瓦礫、ゴミをきれいに片付けてもらい、その後できた土地に、大工の方にお願い、ではなく、命令して新しく家を建築したらどうだ、というご提案をしようと考えているからである。

しかしあくまでも油断してはならないのは、その際、以前と同じような、或いは、以前とは違っていても、生活感のことをあまり考えないで新しい家屋を建築したら、結局、一年もしないうちにいろんな箇所から生活感が揮発してきて、生活感のない素敵な生活を送ることができなくなってしまう。

そのためにはどんなことに気をつけたらよいのであろうか。

それは家屋に於ける生活感の発生源がどこにあるのか、という点である。くだくだしくなるので要点だけ言うと、収納編でみたとおり、現在的に便利なもの・道具・機械というのは、高い安いにかかわらず、きわめて大量の生活感を発散している。

ひとつだけ例を挙げよう。例えば、一般家庭においてキッチンの至る所に各種のフックが設置してある。ここに鍋や玉杓子や布巾や笊や輪ゴムなどを引きかけておけば、家事労働が随分と安楽なものになる。しかれども、いろんなところから垂れ下がる、くたくたの布や色とりどりのプラスチック雑物は、多量の生活感を揮発するのである。

これを住宅・住居で考えるとどういうことになるかというと、現在的に便利な材料、素材は家屋の生活感を増すということである。

具体的に言うと、カラーベストの屋根や合成樹脂のサイディング、アルミサッシやビニールクロス、ユニットバスなどで、こうした現代の住戸において使用される、便利で比較的安価な材料、素材は生活感の発生源となる。

ならばどうすればよいかというと、時間を前か後ろにずらす、すなわち、きわめて未来的な材料、素材を用いるか、きわめて伝統的な材料、素材を用いればよい。それにより意匠は必然的に奇矯なものとなり、また意匠のみならず、工法・構法も奇矯なものとなって、奇矯なものからは生活感は殆ど発散されないのである。

ただし、光あるところには影があるのであり、こうした住戸には大きな欠点がある。どういうことかというと、きわめて不便なのである。というのはしかし考えてみれば当たり前の話で、現在的に便利なものというのは、逆に便利だから現在的なのであり、過去のものは不便だから過去のものになったのである。

じゃあ、未来のものはどうなんだよ。未来はいまより便利になっているんじゃないのかよ、てなものであるが、未来のものが現在にある訳がない。現在あるのは現在のものだけである。

じゃあ、未来のものってなんなんだよ、ってことになるが、それは正確に言うと未来的なもの、ということで未来のものではない。ということははっきり言うと、パチモンの未来のもの、ということである。パチモンというものはそれらしく作ってあるが所詮はパチモノであり、作りが粗雑であったり、不具合があるなどして使用感はきわめて悪い。

過去にずらした家、未来にずらした家、いずれの家に住む人も口を揃えて、「寒い」「暗い」「湿気が多くてじめじめする」「見た目優先で実用的でない」「光熱費が莫大」「掃除が大変」「家にいても寛げない」といった不平を洩らしている。

しかし、訪れてみるとそれらの家に生活感はまったくなく、厨房、食事室はレストランのごとくであり、居室はリゾートホテルのごとくであり、浴室・洗面所はシティーホテルのごとくである（ときおり間違えてラブホテルのごとくになっている場合もあるが）。

つまりどういうことかというと、生活感のまったくない素敵で快適な生活は辛く悲しい不便な生活であるということで、多くの人がそんな絶対矛盾みたいなこと言われてどうしたらいいのだ、と悩み苦しむであろう。

けれども大丈夫でございますよ。なぜなら、ダークサイドオブザムーン、物事というのは見る角度を変えればまったく違って見える。

これも具体的に言おう、例えば、ガーデニングという趣味がある。庭を掘り返して肥料やなんやを入れて土も入れ、草花を植えて楽しむ、という趣味である。或いは、野菜やなんかを育てる人もあるのかもしれない。本人としては趣味を楽しんでいるつもりである。しかし、見方を変えれば、ガーデニングなどというものは苦しみ以外のなにものでもない。だってそうだろう、春は曙、なんて言いながら朝もはよから土をほじくり返し、種や球根を植えて回り、爪の先は真っ黒になるし、手はがさがさになるし、ずっと不自然な姿勢でいるから腰も痛い。夏はもっとひどい。炎天下、蚊だけならまだしも、虻といった危険きわまりない虫の襲来に悩まされながら汗まみれになって猛々しく繁茂する雑草を抜いて回らなければならない。秋は秋で堆く積もった落ち葉を掃かなければならず、しかもこの時期はえげつない毒針を持つ雀蜂がもっともさかんに活動する時期で、うっかりして刺されると死ぬことだってあるのである。チャドクガという毛虫もたちが悪い。

　植物の休眠する冬くらいはゆっくりできるのかと言うと、そんなことはなく、来年に向けて土作りをしておかねばならない。みなが炬燵でみかんを食べるなどして団欒しているときもひとり庭に出て、凍ってかちかちの土をほじくり返して施肥をしたり、腐葉土をすきこむなどしなければならぬのであり、手や足の指が凍えて凍傷になり切断手術を受けたり、肺炎になって死ぬなどする可能性がきわめて大なのである。

　このように考えるとガーデニングなどというものは地獄の苦しみ、責め苦としか言いようがないが、当人は、ガーデニングを楽しんでいる、と言い張っているし、周囲も、素敵なお庭ですね、とか、こんな生活が理想です。夢です。などといってちやほやする。これ、すなわち、ものは言いよう、考えよう、という思想で視点、視座を変えることによって死の危険を伴う地獄の責め苦が素敵な生活に転換するのである。

これを用いて時間を過去、または未来にずらした住戸における不便を素敵に変換する方法を申し上げる。

第三回
時間をずらすと

もっとも有効なのは視点の転換で、例えばいま言ったように庭で草花を育てるなどというのは第三者からみれば、野良仕事、畑仕事と対して変わらないものであるが、視方を変え、これをガーデニングと強弁することによって、苦しいだけの野良仕事が、素敵な生活、に変換されるのである。

これは時間を過去にずらした家における不便な生活にとってもっとも有効な技法で、伝統的な構法で建てた家というのは夏は開放的でよいが冬はきわめて寒い。また、時間を過去にずらすということは、石油ファンヒーター、ガスファンヒーター、電子レンジ、ガスレンジ、炊飯器、湯沸かしポットという便利な、しかし、その外観は不細工な合金・プラスチック製品を極力排除、炭火や旧式のオーブン、土鍋、柄杓といった木や土でできた、見た目はよいが、不便で面倒くさい道具を使うということで、あたら便利な道具があるというのに、そんなものを使うのは普通に考えたらアホ以外のなにものでもなく、自分は面倒くさいし、人にはアホと侮られる。これを解消するために使うのは、スローライフという言葉である。或いは、スローライフという言葉に若干のあた恥ずかしさを感じる者は、ロハスと言ってもよい。

つまり、「自分が不便な道具を使っているのは、見た目のためにやむを得ず使っているのではなく、それがよりよいと感じているからで、なぜなら私はスローライフまたはロハスの実践者であるから」と強弁するのである。

そのことによって苦しい野良仕事が愉快で素敵なガーデニングに変じたように、不便で面倒でアホとしか思えない薪炭生活が、素敵で、愉快で、地球環境にもやさしく、意識が高くて頭よげで、金持ちっぽくさえあるライフに成り果てるのである。

さてそれでは時間を未来にずらした家はどうすればよいのだろうか。これも申し上げた通り不便である。なぜなら未来のデザインと未来的なデザインは別のものだからで、未来的なものというのは所詮は未来のもののパチモンであり、そして、本物の未来のものは現在には当然、ないからである。

具体的にいうと、それが張りぼてである、ということで、なぜなら意匠というものは当然、機能と連動してなされるものであるが、この場合、機能は現在のものでありながら意匠のみを未来的にしているため、その意匠が実質のない、意匠のための意匠となってしまっているからである。

だから見た目は非常に恰好がよく、いい感じなのだけれども、その実は非常に使いづらく、住宅なればデザインは非常に先端的で洗練されているが、冬寒く夏暑く収納なくカビやすく結露しやすく、電化製品なれば性能悪く故障しやすく、いずれも価格は割高である。

じゃあどうすればよいのか。原理的には過去にずらした家と同じことである。ただし、未来的な先端的なデザインの家に住んで、未来的・先端的な家具や器具に囲まれて生活をして、「自分はスローライフを実践している」とか、「俺はロハスなんだよ」と強弁するのは無理がある。

ではなんというのか。この場合は、「先進的」という言葉を使うのがよろしかろう。つまりどういうことかというと、右にも言ったように、未来的、というとパチモンということになるが、先進的というと、そうはならないということで、どういうことかというと、「これは確かに現在のものである。ただし、凡百の現在のものとは違い、未来に実現されるであろう機能の一部を予め先取りしてあるのだ」と、強弁するということである。

そしてその機能が現在のものより優れている必要はない。なぜなら、あくまでも一部を先取りしているに過ぎないからである。「じゃあ、駄目じゃないか」てなものであるが、けっして駄目ではないのは、「そりゃ確かにいまは劣っているようにしかみえないが、それは未来に実現される技術を先取りしているがゆえの欠点で、例えば、いま現在、価格や性能などの面でガソリン自動車に劣る電気自動車に乗るのが悪いことかというとけっしてそうではなく、逆に、近い将来、必ずや時代遅れの恐竜のような存在になるに決まっているガソリン自動車をただただ、便利だから、安いから、という理由で使い続けるというのはそれこそアホだよ」という強弁を展開することができるからである。

そのようなわけで、生活から揮発する生活感のない生活をするための窮極のやり方、家屋の新築、において、しかし、そこで生活をする以上、それでもやはり生じる生活感の揮発を極小に抑える方法、すなわち、家屋や家具調度を過去や未来にずらすという手法並びにその際に発生する不便や困難やアホらしい感じへの対処法を提示した。それではみなさんさようなら。私はいまから代々木上原かどっかへ行ってレタスを使った炒め物でも食べてくるよ。

と言って西北に去ろうとして、頭蓋のうちに響く声を聞く。

それは、「またんかい、またんかい」という些(いささ)か品のない、おそらくは反社会的な組織に属しているであろう男の、鼻にかかった関西弁。反射的に、いやだな、と思ったが、ここで走って逃げるなどした場合、だしぬけに銃撃とかしてきかねない、そんな雰囲気をその語調から感知したので私は立ち止まった。

「おお、またんかい、またんかい」

「なんでしょうか。私はこれから代々木上原に行こうかな、と思っていたのですが」

「代々木上原。そらなんの原じゃ」

「代々木の上の方の原じゃないですかねぇ。よくわかりませんけど」

「代々木の上は空やないけ、眠たいやっちゃの」

「眠たければ寝ればいいでしょう」

「おどれが眠たい、っちゅとんねん。うわっうわっ、なに踊っとんねん」

「だって、踊れ、って言うから」

「埋めるど、こら。おどれ、ちゅうのは、おのれ、のこっちゃ、おのれ、ちゅうのは、おまえのこっちゃ。おまえ、ちゅうのは、こら、おまえのこっちゃ」

「つまり、私の……」

「そう。おまえのこっちゃ。そのおまえに聞く。おまえはどうするのだ」

「へ？」

「おまえは素敵な生活を送る方法を偉そうに語ってきたが、肝心のおまえ自身はどうするのだ。おまえはこの稿の冒頭で、黒革ジャンパーに人絹の白いマフラー、下半身はパンツ一丁、真紅の薔薇をくわえるという巫山戯た恰好で河原に出掛けていき、そこで素敵な生活をすると誓ったのではなかったのか。愚民が舌を出し笑っている絵の描いてある変なマグカップを叩き割り、スネアードラムを観念的にではあるがトコトーンと叩いたのではなかったのか。

そのおまえ自身はどうするのだ。おまえ自身はどのように行動するのだ。私はむしろそれを知りたい。そして、おまえ自身が行動する姿を見たい」

「むむう」

と、私は唸るばかりであった。頭蓋のうちで私を呼び止めた男に答える言葉がなかった。そうだった。最初、私は私自身が素敵な生活、愉快な生活をトコトンやってやろうと考えていたのだった。その実践のための理論を考えるうち、いつしか私は、それを生身の自分と切り離し、まるで教師が生徒に教えるように、実践とは無縁な理論のための理論を語っていたのであった。でもそれって僕が批判した意匠のための意匠とどこが違うって言うの。まったく一緒じゃないの。同一じゃないのよ。って、駄目だ。僕はまたこんなおねぇ言葉を喋ることによってなにかを誤摩化そうとしている。

つまり、僕は逃げてるんだな。理論に逃げ、おねぇ言葉に逃げ、素敵な生活から逃げてるんだな。でも駄目だよ。男が一度やると言ったことだ。歯を食いしばってでもやりとげなければならない。どんな困難にも雄々しく立ち向かわなければならない。

といって、でも素敵な生活、ってそんな歯を食いしばってやるものなのか。という問いに僕はもはや答えない。それに答えるとまた理論のための理論に埋没して実践からどんどん遠ざかって気がつくと、神田神保町で電池を買いながら俳句を考えたりしてしまっているからだ。そんなことでは駄目だ。なにが代々木上原でレタスの炒め物か。自宅の素敵なキッチンでみそ田楽でも拵えんかぇ、だぼがっ。冬はやっぱり和食ですわ。

と勢いごみ、私はふたたび黒革ジャンパーに人絹のマフラーを巻き、ボトムスはパンツ一丁で人気のない河原に出掛けていき、孤独な紫芋と紅芋の遠投大会を開催しそうな勢いであったが、しかし、同時に私は実践に伴う実際的な困難にもはや直面していたのであった。

第四回
貧乏でもできること

偉そうに世界経済について語るエコノミストが一文無しで家賃滞納してたらどもならん。ドッグトレーナーとかいってる奴が自分の家の犬に日常的に嚙まれてたらアホだ。食通・グルメでぶいぶいいわしてる奴が富士そば食ってたらださい。文学者がサイン会で簡単な漢字書けないで、ええっと、なんやったたっけ？　と立ち往生するのはよくあることだが……、しかしまあ、全体にはそんな具合で、偉そうに言っているその本人が鈍臭いことになっているのはまことにもってみっともない。

しかしそは仕方のないこと、ということにするために紺屋の白袴という言葉があるが、いまどき紺屋なんてそうなくて説得力なく、デニム屋の白デニムと言い換えてみてもデニム屋はみんな青デニムを穿いている。

ということは言い逃れもできないということで、偉そうに、素敵な生活をしようと思ったらすべからく時間を前か後ろにずらした家を新築し、スローライフ、先進的、と強弁すべし。

と議論を展開した以上、僕は、では僕はどうするつもりなのか、ということを明確にしなければならないだろう。

　そこで言う。恥を承知で言う。

　僕は、いま現在、時間を未来にずらした家を建てる予定もなければ、過去にずらした家を建てる予定もない。したがって自分はロハスの実践者である、と強弁することもないし、先進的である、と宣言することもない。

　ということはどういうことか。

　僕は口先だけの馬鹿野郎、ということになる。そんなことになるのは嫌だが、事実なので仕方がない。と言うと、事実だから仕方がないだろう、と開き直っているように聞こえるかも知らんが、猿に誓って言う。そんなつもりは毛髪ない。禿である。

　なんて言うと、なにか僕がふざけているように聞こえるが、正直に言う。ほんの少しだが、ふざけていた。そりゃあ、僕だって人間だ。ふざけるときだってある。小さなことにいちいち目くじらを立てないでほしい。

　しかし、だからといって逃げるつもりはない。僕も男だ。言ったことには責任を持ちたいなあ、という希望がまったくないわけではない。

　じゃあ、言った通りに家を壊して新しく建てるのか、と言うと、それは、はっきり言ってできない。なぜか。これも恥を承知で申し上げよう。金銭がないからだ。もちろん、まったくないわけではなく、少しくらいならある。まったく金銭がなければ生活していかれないから。ただ、家を一軒建てるだけの金銭がないと申しているのだ。

つまり僕がどういう状態かというと、貧乏、ということである。これは悲しい状態である。もし、目の前に神様があらわれて、「金持ちか貧乏か、どちらかにしてやる」と言われたら僕は迷うことなく、金持ちを選ぶ。

なぜなら、金持ちは金銭を多額に所持しているので欲しいものをなんでも思う様、買うことができるからだ。城でもアイスクリームでも美食でも。ところが、貧乏となるとこれは悲惨だ。ニュース番組でこぎれいなネェチャンが、各地で三十度を越える真夏日となりました。なんつってる夏の暑い日、銭がないからアイスクリームを食べられず、暑苦しく散らかった、生活感アリアリの部屋で製氷皿の氷を頰張って膝を抱えるより他ない。金持ちが三ツ星レストランで美食を食べているまさにそのとき、エスエムで買ってきた鰺フライに黒酢かけて食って、うまいわ、とか言っている。

これが貧乏の実情である。一方に金銭が多量にあり、一方に金銭が少額しかない。こんな不公平なことがあるか。これではまるで格差社会ではないか。と言って多量の人が怒っている。これを是正するためには革命ということをしなければならない。

革命になって、世の中が革り、僕のところにも多額の金銭が参って、気軽にアイスクリームや城を買えるようになれば、こんな嬉しいことはないが、実際には、革命を主導した人が多額の金を自分のものにしたり、無駄遣いしたりすることが多く、貧民のところに多量の金銭が回ってくることは少ないようである。

となると革命にも多くは期待できず、もちろん僕が夢想したように、神様が目の前に現れて希望を叶えてくれるということもないから、金持ちはいよいよ富み、貧乏人は生涯、貧の淵に喘ぐ、ということになるらしい。

そんなことで説明が長くなって申し訳がないが、僕は家の新築はできない。

と言うと、

「じゃあ、どうすんだよ。素敵な生活できないじゃんかよお。トコトーン、というスネアードラムの音を僕たちは希望の音、バカで貧乏な社会の寄生虫であっても、雑誌に出てくるみたいなトコトン素敵な生活ができるんだ、っていう希望の音として、あの決然と打ち鳴らされたスネアードラムのトコトーン、という音を聴いたんだよ。なのに君は、そんな僕たちを裏切って、銭がない、とか嘯いて、遠くの山で、いい気分で法螺貝を吹き鳴らしているのだね。随分と、ズビズバ、パパパヤな話ですね」

と、頭の中で赤い水玉のツンパ穿いた小人が言っているのが聞こえるような心の持ちがする。

そりゃあ、ご尤もな話だ。もちろん他人の頭のなかに無断で、しかも赤い水玉のツンパを穿いて住み着くのは怪しのからぬ話だが、言っていることはいちいち尤もだと僕は思う。けれども、先ほどからの僕の話を、よーく、聞いて頂きたい。僕は、逃げるつもりはない、と申し上げましたでしょ。それは嘘ではありゃせんのです。僕はトコトン素敵な生活をやってこましたくることをいまも諦めていない。銭がないことにびびっていない。やってやってやってこましたくる、と思量している。

と言うと単なる空元気、無根拠な虚勢。神州不滅と傲然として言い放ち、あの無謀な戦争に突き進んでいった指導者たち、みたいに感じることもあるだろうが、大丈夫、僕には目算がある。

どういう目算か。いつまでもぐずぐず前置きばかり言っていると、まるでもったいぶっているようなので、ずばり言おう。僕はリフォーム工事によって、家屋内を大規模に改修し、そのことによって生活から揮発する生活感を徹底的に排除、素敵な生活をトコトンやってこましたくってやろうと考えてたのである。

つまり、新築する場合であれば基礎や土台や柱をみな一から拵えなければならないが、リフォームなれば、既存の基礎や土台を利用するため、その分、銭が安くつき、少量の金銭しか所持していない僕のような生きてる価値のあまりない腐りきったフヌケ野郎でも、生活感の排除が可能になるのである。

そこで工務店の方にお願いして僕の家のなかにいらしていただき、生活感がなくなるようなリフォーム工事をお願いした。

工務店の方とお話をさせていただき、台所と居間を中心に改修をすることにした。なぜなら、寝室では主に寝ており、いかに素敵な部屋でも、寝ているときは、それを素敵と感じることが人間にはできないからである。おそらく、猿も犬も無理だろう。

また、仕事部屋を素敵にしたらどうか、というご意見もあったが、仕事というのは基本的に辛く苦しいものでできればやりたくないものである。なので仕事部屋を素敵にすると、その素敵な感じを満喫するばかりで仕事をしなくなる。具体的に言うと、仕事中に湯茶を飲むために素敵なマグカップを用意したとする。するとどうなるかというと、「このマグカップ。なんて素敵なんでしょう。ええわー。むっさ、ええわ」と言って目を細め、頬を膨らませて唇を尖らせ、まるでフグのような顔をして、マグカップを愛でてばかりいてちっとも仕事にとりかからない、という事態になるのである。

そんなことで、仕事部屋というのは牢獄のような、「やむを得ない、他にやることがないので仕事でもするか」という感じの部屋にしておかなければならない。

ということは、やはり目を覚ましていて仕事もしていない場所、ということで、素敵な感じに改修するのは居間と台所ということに相成った。そしてまた、居間と台所というのは家屋の中でいろんな生活用具がもっとも多い場所で、ここを改修するというのは生活感の揮発を根絶するという意味でも理にかなっているのである。

そして具体的にどのように改装するかと言うと、いま僕は、居間と台所と言ったが、まずそれ自体を直していきたい。つまり、いま僕の家の居間と台所は実に居間と台所といった感じなのだが、これをキッチンとリビングダイニングと言って不自然でない感じに直していきたい。

ではキッチンと台所、リビングダイニングと居間はどう違うのか。という議論に当然これはなってくるが、これは誰の目にも分かりやすいところであろう。

台所といえば、おばんがレンコンとこんにゃくを炒めている雰囲気がある。暑苦しいおっさんが腹を掻きながらカップ麺に湯を注いでいるイメージがあるのに比して、キッチンといえば若妻がなま洒落た小癪料理を作っているイメージがある。ちょび髭生やして小太りのおっさんがニット着て、男の食彩とかいいながら香料の束を鍋に投入しているイメージがある。

居間と言うと、法事の後、親戚のおばはんが集まって入れ歯の不具合について話しているイメージがある。リビングダイニングというとセレブの人が有名料理人を呼んでホームパーティーを開き、文化芸術の話をしているイメージがある。
どちらがよいかは言わぬが花でしょう。

第五回
居間をリビングに、台所をキッチンに

おどま、という奇怪な超人が突如現れ、盆などの我が国の素晴らしい伝統行事を切り刻み、その結果として、盆から先の我が国の固有の時間は消滅し、盆から先はオランダのような、オランダでないような、珍妙な国になってしまった。その悲しい歴史を歌った歌がある。

「おどま、盆切り、盆切り。盆から裂きゃあ、オランド」という歌詞である。

そして私はトコトン素敵な生活を送るため、家屋の一部を改築することを決意した。いわゆるところのリフォームである。その際、申し上げたように私は、おばんがコンニャクを炒めているようなイメージの台所を若妻がケーキを焼くなどしているようなイメージのキッチンとなし、親戚のおばはんが法事の後、集まって入れ歯の具合の話をしてるようなイメージの居間を、著名人が知り人に回状を回してホームパーティーを開いているようなイメージのリビングルームとなす、というのを基本的な方針としてうちたてたが、これもやはり、おどまのせいで、おどまによって盆などが破壊されたからで、私たちは知らず知らずのうちに伝統的なものは、ださい、恥ずい、打ち壊すべきもの、と思いこんでしまっているのである。

それが顕著なのは、例えば企業や団体の名称であろう。最近は経済の方がぼろぼろになってきて仕事にあぶれる人が多いらしいが、そういう人が行くところを昔は公共職業安定所、通称、職安といった。ところが、奇怪な超人・おどま、が現れて以降、そういう職安なんて言う呼び方をすると、いかにも暗い、こう、なんと言うのかなあ、地下足袋を履いた、酒臭い息のおっさんが失業給付貰いにきてる、みたいなイメージがあってよろしくなくない？　ということになり、これを、スニーカーを履いた爽やかな青年が、希望する仕事に出会って、張り切りながらもちょっと照れくさそうに小声で、ハロー、と言っているようなイメージのある、ハローワーク、という名前に変えた。

日本たばこ産業はＪＴだし、歌謡曲はＪ－ＰＯＰだし、日本代表選手団はＳＡＭＵＲＡＩ ＪＡＰＡＮである。本当に彼らの全員が、武士階級の出身なのだろうか？　もし仮にそうでないとしたら国際的な信用問題に発展する可能性がある。営団地下鉄にいたっては東京メトロで、これは自らメトロのパチモンであると名乗っているに等しく、一国の首都が、そんな、下町のナポレオンのようなことでよいのか、とこれまた心配になってくる。

このような風潮は一般家庭にも広がり、多くの家の表札が、ＨＯＲＩＩ、ＭＩＹＡＳＨＩＴＡ、ＫＡＤＯＷＡＫＩ、とアルファベット表記だし、会話のなかに可能な限り英語やカタカナ語を混ぜることによって、仕事ができる奴、育ちのいい奴、銭を持っている奴、という印象を取引先や上司や女に与えようとする者はどの業界にも多い。

まったくもって、おどま、というのはなんという無茶なことをしてくれたのだろうか。と、私は悲憤慷慨した。というのは嘘である。私はちっとも悲憤慷慨していなかった。なぜなら同じ時代に生きている以上、私一人が超然としてその弊から免れることが不可能だからである。

である以上、おどまによって齎された現実を否定してネガティヴな気持ちで生きるより、むしろ率先して、そのおどまによって齎された現実を前向きに受け止め、素敵な感じを我が家のなかに実現させてやろう、とこのように思ったのである。それが初めに私がした、トコトーン、とドラムを叩きたくなるような決意の根本中心命題であったのである。実は。輪実。

そんなことで私は私の台所と居間を恥じていたのだけれども、ではそれは具体的にどんな台所と居間であったのか、ということを申さば、ダイニングテーブルやチェアーの置いてある椅子座の台所と居間であった。然り。本来であれば、床座の生活をしているはずである。しかし、おどまによって、床座の生活なんかしている奴は脳みそ一ミリグラムのマザーファッカーですよ、と言われてその気になっているので、既に椅子座の生活をしておったのである。

だったらそれでよいではないか、てなものであるが、しかし、破壊と創造はこれ別物であって、破壊された伝統的空間にただただ卓と椅子を置けばよいというものではなく、私方の台所と居間は、ひたすらに不細工で珍妙な台所と居間であった。

どんな風に不細工で珍妙であったかと言うと、狭かった。台所と居間が一続きになっていて奥行きは結構あるのだけれども、幅が一間半しかなく、その狭いところに壁付けの流し台のある台所のエリアはなお幅が狭まっていたし、居間エリアには、ダイニングテーブルやチェストやテレビジョンが置いてあって、椅子に座ってテーブルに向かう者あれば、その背後を通り抜けることができない。

なぜそんなことになるかというと、もっと幅の広いところに置くことを想定して拵えられた家具をそんな幅の狭いところに置くからで、通常であればそんなクレージーなことをしないで、取り片付けられる家具主体の床座の生活をするのだけれども、おどまによってそんなものはとうに破壊されているのでそれもかなわない。

したがって、収納スペースも少なく、雑多な生活用具が散乱し、それらから揮発する生活感が部屋中に充満して息苦しいほどであった。

そんな部屋で一日の大半を過ごし、飯を食べるのだから食生活が荒廃するのは当然の成り行きであった。薄暗い台所で、「ひひひひっ、健康にいい食べ物を食べると健康にいいですよね。蛤を破壊してばかな男の睾丸の添え木にでもいたしましょか」などと、聞く者があれば狂人に間違われそうな、意味の不明な文言を洩らしつつ、左右に、ふらふらー、ふらふらー、と揺れながら、ポテトチップスやカップ麺、ジューシー唐揚げチキン、といったものを立ち食い、身体によいといわれる根菜類などはただの一ミリグラムも摂取しなかった。

そんなことだから人格も荒廃し、焼き魚やマドレーヌを頭からかぶり、美しい花を見れば呪詛の言葉を浴びせかけ、不潔を好み、悪魔や死霊を礼讃、自ら低級動物霊や地縛霊を呼び寄せ、我と我が身にとり憑かせるや、耐え難く不愉快な体臭と口臭を撒き散らしつつ酒場へ出掛けていき、グラッパを立て続けに十二杯飲んで泥酔、男には議論を吹きかけ、女にはセクハラ行為、挙げ句の果てに殴られ蹴られ、叩き出されてゴミと吐瀉物にまみれて路傍に眠った。

そんなことだから職なく、友なく、女なく、世の中、世界を呪ってエコエコアザラク、一刻も早く地球が滅亡するよう天魔に祈り、地球温暖化に貢献するため、わざと激しく呼吸をしたり、無理矢理に屁をこいたり、意味なくガス火をとぼすなどしていたのである。

椅子座の生活をしている＝素敵な生活ではない、というのはこういうことをさして言っているのであり、その、中途半端な生活を私は深く恥じていたのである。

つまりどういうことかというと、初めから私が問題にしていた生活感の揮発というものは、実は、おどまの働きによって齎されたものなのである。となれば我々が、ロハスと強弁する、未来的・先進的と言い張る、といった欺瞞的な行為によってしか生活感を払拭できないのは当たり前の話だろう。

そして私はさらに欺瞞的なリフォームということをやろうとしている。しかし、私はもう恥じない。なぜなら、右にも言ったようにおどまの影響からひとり免れることは不可能であることを私はいま知っているからである。

そんな風な心理の地獄めぐりの後、漸く私はリフォームにとりかかったのであるが、その眼目は、右に申し上げた狭さを克服することであった。しかし、幅を広げることはほぼ不可能であった。なぜなら、部屋の幅を広げるためには細長い、ひとつながりの空間である、居間と台所の長い方の壁を壊して廊下側に広げる必要があるが、ということは廊下がなくなるということで、廊下がなくなると玄関から居間と台所、さらには廊下を隔てて向かい合う仕事部屋にも入れなくなるからである。

入れない部屋を作っても仕方ない。ならば、奥行きの方はどうかというと、これは広げられた。台所の短い方の壁の向こう側は四畳半の和室であった。しかもこの和室には水屋があり、そして中央に正方形の炉が切ってあった。

然り。この部屋はお茶室であったのである。しかし、おどまによって伝統を切り刻まれている我々が茶湯(ちゃとう)なんてなことをするわけがなく、この部屋は無意味に放置されていた。この茶室を破壊し、長さを伸ばせば、幅の狭さを克服、ひいては、雑多な生活用具の散乱も克服し、トコトン、素敵な生活を送ることができるようになる。

といって、そこでもうひとつ問題が生じたのは、流し台の位置である。というのは、台所↓居間↓茶室、という並びになっていればよかったのであるが、私方は、居間↓台所↓茶室、という並びになっていたのである。

これがなにを意味するかと言うと、一つながりの空間の真ん中に、生活感揮発の根源のような壁付けの流し台や冷蔵庫が存在するということで、実に具合が悪い。

そこで相談の挙げ句、流し台を現在の居間の位置に持っていくことにし、そして工事が始まった。

工事当日、目つきの鋭い丸坊主の若者が二人やってきて、流し台を外してどこかへ持っていった。その日の夕、流し台のなくなった台所を見て私は気楽にも、「ははは。さっぱりしよった」と嘯いていた。いま思えばそのときの自分は本当に気楽であったと思う。

なぜなら自宅で湯も沸かせなくなった自分はその日の夜より、餓えと渇きに苦しみつつ餓鬼道を経巡るようになったからである。

第六回
餓鬼道地獄の入口で

　工事初日、作業服姿で坊主頭、目つきの鋭い、常に心ここにあらずといった風情で取りつく島なく、なにか話しかけてもかたくなな拒絶の態度をニヤニヤ笑いで示す、ふたりの若い男が流し台やガスレンジを外し、どこかへ持っていってしまった、というのは既に申しあげたところである。

「人の家の流し台とガスレンジをどこかに持っていくなどという無茶なことをするなんて。いい加減にし給え」

　普通なればそう叱責・叱正するだろう。ところが僕はしなかった。

　なぜか。そのふたりの兄ちゃんが、「女？　攫(さら)いますねー。攫って山に捨てますねー。男？　殺しますねー。殺して埋めますねー」みたいな暴力的雰囲気を発散していたからではなく、流し台とガスレンジを一時、撤去するよう指示したのが他ならぬ自分であったからである。

自分で言ったのだからしょうがない。しょうがないが、困ったのはその日から家で飯が食べられなくなったということである。と私が発言をするとすぐに、「なにを下らぬことを言って騒いでいるのか。スカスカ野郎が。家で飯が食べられぬのであれば外食したら済む話やんけ。それをば、ことさら飯が食べられないなどと言って騒いでいるのは大方、エッセー原稿の種にしようなんて下劣なことを考えてことさらなことを言っているのだろう。あーあ、嫌だ、嫌だ。ど腐れ三文文士は」なんてな早合点をする人がでてきてどもならぬが、そんな下心はまったくなくて私は本当に困ったのであった。

なぜなら、あからさまな話で申し訳ないが、リフォーム業者の方にリフォームをお願いした以上、タダという訳にはいかず、というか、思っていた、考えていた、予測していた以上に銭を支払わなければならず、はっきりいって僕はその見積書を見たとき、睾丸の裏側をシベリア寒気団が通り過ぎていくような感覚があって、なぜか死んだ祖母のことを思い出し、祖母の好きだった赤福餅、それも賞味期限を改竄(かいざん)したのを食べ、喉に詰まらせて死にたいような、そんな気持ちになってしまった。そこで、リフォーム業者の方に、いろんなことを言うのはかえって相手の方に失礼なので単刀直入に、「まちっとお安くなりませんか」と問うたところ、言下に、「なりません」と言われ危うく嘔吐するところだったのだったのだったのだった。

そんなことで銭というものが嚢中になく、外食などという贅沢なことは暫くの間、とてもじゃないができなかったのだ。

じゃったら、と言う人があるかも知れない。「じゃったら、コンビニエンスストアーかスーパーマーケットか弁当屋に行って、総菜、弁当、サンドウィッチといったようなものを買ってくればよいではないか。それもしないで餓鬼道地獄などといっているのは、ほんの僅かなことを大げさに吹聴、針小を棒大に言う小説家のあさましい悪癖だろう。いやはやけがらわしいことだ」と言って慨嘆する人がでてくるかも知れないが、もちろん誤解、そんなことは都心の便利な場所に住んでいる人の言い草で、私の家はおちこちのたつきも知らぬ山中のこと。人馬の通行も少なく、夜ともなればあたりは真っ暗で、狸や猪が前の道を普通に歩いて、コンビニエンスストアーなどという気の利いたものはさらにない。もちろんスーパーマーケット、スターバックスコーヒー、マクドナルド、富士そば、松屋といったものもない。

ならば自宅にてお料理を拵えて食するより他ないのであるが、料理をしようにも流し台もガスレンジもなく、それも叶わぬという状況に自分は陥ったのであった。

そこでなにをしたかというと、とりあえず耐えてみた。飽食の時代と言われて久しい。世界ではいまだに飢餓に苦しむ人がたくさんいると聞く。子供も毎日、死んでいるらしい。三縁山広度院増上寺大僧正祐天上人様は一年の間、四十二日断食をしなすった。そのことを思えば一日や二日、飯を食わなくったってどうってことない。精神一到なにごとかならざらん、というので二階の寝室に閉じ籠って精神を集中しようとしたが、腹が減ってなかなか精神が集中してこない。そろそろ集中するかな、と思うと頭の中に、アワビやら伊勢エビやらが舞い踊ってちっとも集中しない。

そこで一計を案じて本を読むことにした。書物の世界に没入することによって、食い物のことを忘れようと考えたのである。それで一階の書庫から持ってあがったのが、加藤聖文という人の書いた、『満鉄全史「国策会社」の全貌』という本で、やはり日本人である以上、満鉄というものがどういうものだったのかを一応は理解をしておく必要があるし、満鉄のことも詳しく知らないで、やれ、ワールドカップだ、やれ、オリンピックだ、と騒いでいるのはやはりおかしい感じがする。と、奇妙に納得して、これを読み始めた。

そして序文を読み始めてすぐに分かったのは満鉄というものが迷走する近代日本というものを体現していた、ということで、それは大変なことだ、と思ってさらに第一章から読み進めようとしたのだけれども、目は何度も同じ行を辿って、しかもその意味はまるで頭に入ってこないで、なかなか読書が捗(はかど)らないのである。

このことに自分は驚いた。だってそうだろう、さっきあれほど、日本人として満鉄のことを知っておくことの重要性を悟ったというのに、なぜ読書に身が入らないのか。いったいどういうことなのだろう。

考えて分かったのは、自分が満鉄にさして興味・関心がない、ということである。

つまり、人間はそれが重要だと分かれば自動的にそのことに興味を抱く訳ではないということで、いま抱えている仕事が自分にとって、そして取引先にとって重要な仕事であることを充分に認識している小説家が、仕事を机上に放置して盛り場に出掛けていって酒を飲んだりご婦人と戯れたりするのは、このような理由による。

それはそれで悲しいが仕方のないことで、自分ももっと満鉄のことが好きになれるように努力をするつもりではあるが、すぐに好きになるのは難しいし、っていうか、無理に好きになられても満鉄だって迷惑するだろうし、そこまでして満鉄のことを無理に好きになる必要もないのかも。

そう考えて、申し訳ないが、『満鉄全史「国策会社」の全貌』を捨て、また階下に降り、もうなんでもいい、よく見ないで適当な本を手にとり、椅子に座って表紙を見ると、『環』という雑誌の別冊で、雑誌といっても分厚く、単行本のようなしっかりした造りになっていて、特集タイトルを見ると、『別冊・環⑫　満鉄とは何だったのか』と書いてあった。

なぜ私の家はこんなに満鉄の本ばかりなのだろうか。

そんなことを考えたり、嘆いたり、精神の集中どころではなく、また、そうして何度も一階と二階を行ったり来たりして肉体を酷使したせいか、ますます腹が減ってきて、情けないような泣きたいような、よく知らないところに使いに行って道に迷った丁稚みたいな気持ちになってきて、とにかくなんでもいいからなんぞ食いたい、なんぞ食いたい、と、食いたいということ以外になにも考えられない、正真正銘の餓鬼の状態と成り果てた。

しかし、右にも言うたように銭がないのでレストランに行ったり寿司や鰻を食うこともできない。宅配ピザですらいまの自分にとっては贅沢だ。というか、この山中まで出前をしてくれるかどうか分からない。

そこで考えたのが電子レンジの活用で、自分方には十五年くらい前に国分寺というところのイトーヨーカドーという店で買った、長年の酷使が祟って加熱むらが著しく、また古いものでもはやデザインが陳腐化しているうえ、ろくに掃除もしないものだから、あちこちに汚れが目立って見苦しい、電子レンジがあり、また、二階には三年前に八百円くらいで買った、みるからにパチモノの電気式の湯沸かしポットもあって、「銭を惜しんでしっかりしたメーカーの物を買わないでこうした安価な粗悪品を買うのだから、おそらくは一年かそこいらで壊れるのだろう。典型的な安物買いの銭失い、ってやつだよ。ははは、俺ってやつあ……」と自らを嘲りながら買ったのにもかかわらず、三年経ったいまなお、壊れもしないで作動している。

そんな体たらくだから、リフォームなった暁にはこういうものは捨ててしまって、まとまった銭が入ったら、雑誌に出てくるデザイン家電みたいな、しゅっとしたやつに買い替えて、素敵な生活を満喫してこましてやろう、と心中密かに決意していたのである。

しかし、文字通り背に腹はかえられない。このまま飢餓状態が続けば私は悲しみのなかでお星さまになってしまうだろう。それも奇麗な星ではない、万人が忌み嫌う実に汚らしい、呪いのお星になるのである。

それはそれで楽しいのだろうか。いや、そんなことはない。いまでさえこんなに苦しいのだから、そうなるまでの間に、もっともっと苦しい思いをするだろうし、星になってもまだ苦しいに違いない。

そう考えて私は軒先に放置した電子レンジを二階に担ぎ上げ、チストのうえの雑物を寝臺に投げ、あいた空間に設置したのであった。レンジは重く、腕がしびれ、また、飢餓感がいやまして激しくなった。この時点で私は完全な餓鬼。

第七回
「チンするだけ」のトマトリゾット

重い電子レンジを呻吟しつつ二階に運び上げて、「さて、どうしようか」と考えて私は愕然とした。

もちろん電子レンジを活用すれば、そして私の所有する電子レンジはオーブン機能もついているので、単なる加熱調理のみならず、グラターン料理やピッツァパイを焼くことだってできる。生火を使わないでそんなことができるなんて本当に素晴らしいことだと思うが、なにを拵えるにしろそのための材料というものが必要である。ところが、他の雑多な道具類とともに仕事部屋に移した冷蔵庫のなかは、黒眼鏡かけた不気味なおっさんが、「僕、〇〇になっちゃった」と歌っているような、からっぽの世界である。

ということは結局、エスエムかコンビニに行ってなんぞ買うてこややんとあかんにゃんけ、あほらしもない。しかれどもこのままでは飯は食べられない。こういう状況になると、念ずれば通ず、などというのが、埒もない妄言であることがよくわかる。

だってそうだろう。念じて叶うのであれば、買い物に行かないで自宅でただ拝んでおればよい、ということになる。つまり両手を合わせ、ただ一心に、「どうぞ飯が食えますように」と拝んでおれば、その願いが天に通じ、どこぞからエビフライ定食とかが、ビュー、と飛んでくる、というのである。

しかし、どのように考えてもそのようなことがあるはずがなく、念ずれば通ずなどという妄言を世の中にまき散らしてニートとフリーターを増やしている不逞の輩は、一刻も早くこれを除去してかからなければならないが、しかし、それをするにもまず、この腹の減りをなんとかしなければならない。

というのでクルマを駆って家から一番近いコンビニエンスストアーに行き、棚を物色すると、なんということだりましょうか、これまでそういう棚にあまり近寄らなかったので知らなんだが、いんま私がおかれている状況にもっともふさわしい、すなわち、電子レンジで加熱するだけ、商品の包装紙に印刷された惹句によれば、「チンするだけ」で、すなわち食べられる、カレー、リゾット、ドリア、うどん、ビビンバ、スパゲティーなどが、売られているのである。

これはまさにうってつけじゃないかー。と口に出しては言わない。なぜならカメラも回っていないのにそんなことをひとりで言ってたらアホだから。でも、口には出さないが、心で思って、私はそれらからいくつかを選び出して、カートに放り込み、その他、職人の方に差し入れる飲料なども放り込んで帳場に向かったのであった。

袋を持って二階に上がり、棚の上に買ってきたリゾットとかを並べた。それらは凡百のカップ麺とかに比してずしりと重かった。それは、いい感じの重みであった。その重みが内容を保証しているように感じられた。

また、パッケージが紙であるのも、より本格的な感じがした。そのパッケージに施された意匠も、カップ焼きそばとかの、特濃とか屋台とか大盛といった泥臭いイメージではなく、色遣い言葉遣いともに洒落ていて、なにかこう、ワンランク上？　みたいな感じがして、そもそも私はそういう素敵な感じを目指していたのだからうれしくなる。

そんなことでさあ、なにをいってこましたろうかい、と思ったが、ならばやはり、カレーとか焼きうどん、というのではなく、トマトリゾット、という感じでいってこましたら洒落ているのではないか、と思った。

それでトマトリゾットのパッケージを手に取ると、様々な種類の野菜や豆、鶏肉、押し麦なども加え、さらには化学調味料をまったく使っていないということで、そら恐ろしくなるくらい体にいいトマトリゾットなのである。

そしてさらにいうと、一食あたりのカロリーがわずか２１４ｋカロリーしかなく、年々腹が出て、なんとかしややんとあかぬ、と内心に焦りを覚えている無惨なおっさんにとってこんなありがたいことはない。

そして右にも言ったが、そうしたようなことが、素敵な感じのトマトリゾットの写真が印刷されたパッケージに書いてあるのだが、その文字が、チョークで黒板に書いたような文字で書いてあって、その感じが、ロハスな感じというか、まるで自分が、ナチュラルなライフを送って、環境にも配慮してエコな生活を送っている素敵なおっさんになったような気分になって、うれしいような、あったかいような気分に気がつけばなっている。

しかし、まあ、それもいいが腹が減っている。とにかく、トマトリゾットをチンして食そう。おおそうじゃ。

というので早速、表面を覆う透明のフィルムを破って、紙パッケージから取り出して電子レンジの庫内に入れようとしたのだけれども、なにか違和感のようなものを感じ、もしや、と思って紙パッケージをひっくり返してみると、そこには、お召し上がり方、と書いた文章が記載されており、凡百の活字で印刷されたその小さな文字を苦労して読んだところ、やはり、私が違和感を感じた通り、紙パッケージから取り出し、そのまま電子レンジで加熱するのは誤りであるということがわかった。

ではどのようにしなければならないかというと、まず、飯の入ったプラスチックの桶のシールを破り取る。次にレトルトパウチの袋に入った具とソースを飯にかけ、次に破り取ったシールを蓋として飯の桶の上にのせてから電子レンジにいれ、使用の電子レンジの出力に合わせて調理時間を調節し、調理なりたる後、取り出してシールをどけ、匙(さじ)にてこれを攪拌しなければならないのだった。

それがわかった瞬間、私は反射的に、けっこう面倒くさいやんけじゃんざます、と思ったが、すぐに、しかし……、と思い直した。しかし、一からトマトリゾットを作ろうと思ったら面倒くささはこの比ではなく、たったこれだけの手間でおいしくてヘルシーで素敵なトマトリゾットが食べられるのだからありがたいことだ、と思い直したのである。

それで書かれた手順を厳密に実行した。

で、どうだったか。はっきり言おうか？　言おう。それは、確かに一からトマトリゾットを作るよりは遥かに簡便であったが、けっこう不愉快な作業であった。

なにが不愉快かというと、くさぐさの小さな不愉快が積み重なって最終的には意外なほど不愉快な気分になっている自分を見いだすという点なのだけれども、例えば、レトルトパウチの袋の上端を切り取る、という作業が不愉快だった。

なぜ不愉快かというと、上端にはいちいちハサミで切り取らなくてもよいように切り口が拵えてあるのだけれども、ここから切り取ると、切り始めはよいのだけれども、レトルトパウチの袋が何層かの袋を張り合わせた構造になっているからだろうか、最後のところにくると、まっすぐ切れないで必ず上にひょこ歪(いが)んでちぎれてしまうのである。

　そしてこれが更なる小不愉快を生むというのは、こんだ、なかの具とソースを飯の上にかけるという作業をする際、これが実際的な障害になるという点で、上にひょこ歪んでちぎれているため、上の部分が完全に開口せず、具とソースがそのちぎれた部分に滞留して完全に絞り出すことができないのである。

　ならば、煩を厭わず鋏を持ってきて切れば真っ直ぐに開口するではないか、てなものであるが、なかなかそうもいかないのは、なかに具とソースが入っている関係上、そうした場合、鋏の刃が具とソースで汚れてしまい、見た目が汚らしくなるし、同じ鋏で紙や布を切るとそれらが具とソースで汚れてしまう、という弊害が生じるからである。

　そんな不愉快な思いをしながら、冷たく固い、なかば干飯のようになった飯に冷たい具とソースをかけるというのがまた不愉快で、食事というよりは餌を拵えているような心持ちになるし、こういうことは言いたくないのだけれども、率直な気持ちを言うと、袋から絞り出す具とソースは見た感じが吐瀉物のような感じがして、大変に厭な気持ちになるのである。

　そしてさらに不愉快なのが、その上にいったん破り取ったシールを蓋としてのせなければならないという点で、上方に反り返ったシールは、桶を完全にシールせず、つまり、蓋としての役割を完全に果たさず、いかにも間に合わせ、適当にやりました、という感じがして、私のようにどんなことでもきっちりと真面目に取り組みたい質の人間はこれがきわめて不愉快だし、さらに、シールに具とソースが付着して汚らしい、という実害もあるのである。

つまりこのトマトリゾットは、そのような不愉快の集積を経て、ようやっと食べられる訳で、謳い文句は、「レンジでチンするだけ」であるが、正しくは、「(様々な不愉快事を経て)レンジでチンするだけ」というべきであろう。

しかし、その不愉快を補ってあまりある味があれば、それはまた別の話である。

さて、その味は果たしていかがであったであろうか?

第八回
一食分では満腹になれない

簡便に調理して食べられるという触れ込みの、しかしその実、まったく簡便ではないトマトリゾットのその味や如何。

ぐずぐず言うのは見苦しいだけだし、男らしくない。はき、と申し上げる。

激烈にうまかった。

押し麦ご飯、六種類の野菜、ひよこ豆やキノコ入り、そんな理屈・理論を超越してうまかった。「わっしは若い時分から随分と飯を食ったがこんなうまい飯を食ったのは初めてだ」と、清水次郎長の口調で言うくらいにうまかった。

というと、日頃からおいしいものを食べつけている人は、「おほほほ、愚昧な人ね。コンビニエンスストアーで買ってきたインスタント食品がそんなにおいしい訳ないじゃない。そんなものをおいしいと思うなんて、日頃、ろくなものを食べていないのね。きっと貧乏なのね。そしてばかなんだわ。貧乏&ばか、の二重苦なのね。いいえ。それに短足が加わった三重苦」と言って嘲笑するに違いない。

そういう人に対して、こういうことは言いたくなかったのだけれども、そこまで言うのなら仕方がない、言おう。私は確かに貧乏だが、日頃からおいしいものを食べつけていない訳では決してない。それどころか逆においしいものを無茶苦茶に食べつけている。はっきり言おうか？　言おう。私ははっきり言って、かの「龍吟」など数々の名店に行って食事をしたことさえある男なのである（カネは自分で払っていない）。

その私が、うまい、というのだからこれは間違いなくうまいのであり、わずか数百円でこれだけうまいものが食べられるのであれば、なにも大枚をはたいてレストランに行く必要はないし、ましてや家庭において、面倒くさい調理・調味をする必要はまったくなく、あるいはもっというと、流し台やガスレンジなんてなものは家庭から放逐してよいし、場所塞ぎな冷蔵庫とかそんなものも捨ててしまって、広々とした自宅にスカイラウンジをしつらえパット・メセニー・グループの楽曲を聴きながらトマトリゾットを食べて地球環境について思いをめぐらすもよし、これまで調理・調味に費やしていた時間を、写経、ちぎり絵、史跡めぐり、自分史執筆、といった趣味に費やしてもよい訳だし、これまで外食に遣っていたお金で勝馬投票券を買ったり、店舗型風俗店に行ったり、小粋な壺や印鑑を買ったりもできる訳で、人生の幅と奥行きというのもグンと広がり、素敵で幸せなライフを送れるのである。

よかった。トマトリゾットに出会えてよかった。もしもあの日、トマトリゾットに会わなければこの私はどんな男の子になっていたでしょう。悪いウドン覚えて、いけない子と人に呼ばれて泣いたでしょう。いまも思い出すたび怖くなるの。ウーフフ。もうトマトリゾットの側を離れなーいわー。離れなーいわー。なんて、麻丘めぐみのヒット曲、「芽ばえ」に自らの心境を託して歌うなどし、すっかり満足した私は餓鬼道地獄から人間の世界に生還、かねてより構想中の小説の、新橋で客引きをしている吉村大貴という男がふとしたことからピアノを習い始め、ピアノ教室に向かう道すがら偶然出会った少女・ヘシゲンちゃんに誘われ、遠くネパールに旅することになったが、道中で魔物に襲われ、ヘシゲンちゃんは王様の性奴隷にされ、吉村はするめ工場に送られ、くる日もくる日も、ヘシゲンちゃんの身を案じつつ、するめを拵える苦しい日々を過ごしていた。そんなある日の昼休み、吉村が工場の普段遣われていない建物に偶然入ると、そこに住み着いて暮らす乞食の一家がいた。乞食の一家は乞食の癖にピアノを所有していて、吉村はこれを弾かせてくれと頼む。しかし、乞食の一家の主・アソウ太郎は、「うんにゃ」と首を横に振る。そこで一計を案じた吉村は……、という腹案の、そのストーリーに矛盾や破綻がないかを点検したり、情景を細かく思い浮かべて細部を修正するなどしていた。

その他にも、日本仏教界の今後、混迷する政局、森林生態学、エビネの栽培法、炊飯器で素敵なクッキング、素敵な堆肥作り、鶴の恩返し、サルカニ合戦、大奥、店舗型風俗店の割引券の使用期限、ベトナム戦争、湾岸戦争、天一坊事件、キンメ鯛、我が家の絶望的な電池不足、我が家のどこかへいってしまった耳かき、パンクロックの息吹、若者による新しいムーブメントの胎動などについて、様々に思索をめぐらせてもいた。

私にとっては久しぶりの充実した時間だった。でも、どれくらい充実していたかというと、それはきわめて短かった。おそらく、三十分かそれくらいしか充実していなかった。

なぜか。そうして思索するうちに私は私自身の身体のなかに、ある異変が起きているのを察知したのである。

どんな異変か。腹の中にするめ工場ができたのか。いやいや、なかなか。そんな異変だったら楽しいし、なにも考えずにそのまま、「腹の中にするめ工場ができた！」なんていう題の本を書いて小銭をもらうことだってできる。

私の身に起きた異変はそんなファンタスティックなものではなく、もっと現実的な異変で、どういうことかというと、さっき、ついさっき、トマトリゾットを食したのにもかかわらず、私は、なんとなく物足りないな。もうちょっとなにか食べたいな、という感じの腹具合になっていたのである。

というのも考えてみれば無理はないのかも知れない。というのは、トマトリゾットのカロリーはたったの214kカロリーであった。そして、それは当然の話で、実はトマトリゾットは、外箱の大きさはそれなりであったのにもかかわらず、中に入っていたプラスチックの桶はきわめて小さく、その飯の量たるや湯呑み茶碗一杯分程度であったのである。

しかし、私は仮にも一食分と銘打つ以上、それだけで一定程度の満腹感が得られるものと信じて疑わなかった。

それが誤りであった、単なる思い込みであった、ということがいまわかったのだ。なるほど。世の中ってそんなもんだよね、ははは。あはははは。と唇を歪めて虚無的な笑いを笑っても腹はふくれない。とにかく、ま、ひとつなにかを、レンジでチン、して食べようと、私は再度、棚の前に立ち、「予約でいっぱいの店のパエリア・シェフ入魂のサフラントマトソース」というのを手に取った。

一瞬、「たまらない香ばしさの野菜と山菜仕立てのコチュジャン付き石焼風ビビンバ」にしようかとも思ったが、石焼風の、風、というところになにか欺瞞的なものを感じたのと、さっき食べたのがトマトソースだったので、ここは一番、トマトでグングン押していこう、と思ったのと、それよりなにより、予約でいっぱいの店のシェフが忙しいのに魂をわざわざ入れてくれたというサフラントマトソースというものをぜひとも賞味・賞玩してみたいと思ったからだ。この場合、つが大きいのはわざとだ。

二分三十秒後、さきほどのトマトリゾットと同様に意外に面倒で不愉快な制作過程を経て完成した、予約でいっぱいの店のパエリアを目の前にして私は期待にわなないていた。

さきほどの名もなきトマトリゾットですらあれだけうまかった。ということは、予約でいっぱいの、ということは一流店の、それも昨日入った兄ちゃんとかではなく、シェフが拵えたこのパエリアは、もう考えられないくらいにうまいに違いない。うますぎて発狂してしまったらどうしよう。それはそれで楽しい人生なのか？　って、そんな心配までした。

では、いきます。誰に言うともなくそんなことを言って、予約でいっぱいの店のパエリアを匙ですくって食べ始め、三分もかからないで食べ終えた。なぜならこの、予約でいっぱいの店のパエリアもまた、カロリーが２５７ｋカロリー、あくまでも低く、従って分量、きわめて少であったからである。

しかし、大事なのは味で、その味がどうであったかと言うと、多忙なシェフが作ったのだから、もちろんまずくはない。まずいなんて言ったら忙しいのに魂まで入れてくれたシェフに対して失礼だ。断じてまずくない。まずくはないが、じゃあうまいのかというと、そう断言できない自分というのが自分のなかにいるのを見いだしている自分が誰もいない盆踊り会場に一人ぽつんと佇んでいるような感じでテーブルの前に座っているのがわかる自分がいる。

忙しい身なのに無理をして時間を作りサフラントマトソースに魂まで入れてくれたシェフ

に、「予約でいっぱい、なんじゃなくて、予約でいっぱいいっぱい、なんじゃねぇの?」と非常に失礼な、人間として最低なことを言いたくなる自分が自分のなかでドッジボールをしている。

いったいなんでこんなことになったのか。考える私は実はまだ餓鬼道をへめぐっていた。

第九回
シェフの裏切り

予約でいっぱいで多忙をきわめるシェフが、忙しいのにひとつびとつ魂をこめて作ってくれたパエリアが、こういうことをいってはなにだが、たいしてうまくなかった、有り体に言うと、まずかった、というのはどういうことか。そんな失礼なことを言うのは当たり前だとして、思うだけでもシェフに対して申し訳ないのではないか。

そんなことを思った私はコンビニエンスストアーで買ってきた、「予約でいっぱいの店のパエリア・シェフ入魂のサフラントマトソース」を、さっきまで二階の招待席で腕を組んで足を組んでふんぞり返り、曲が終わっても拍手をしないばかりか、携帯電話で話すために中座したり、一つ隣の席のやつと舞台を指差して嘲笑したり、内ポケットから取り出した手帳を開き、ガクガク貧乏揺すりしていた癖に、終演後、スタッフに案内されて楽屋に行くなり、その態度を一変させ、「いっやー、すっげー、よかったっす。やっぱ、阿山奔吉さん、サイコーっすよ。サイコっすよ。日本最古の古墳っすよ。最後の文士ですよ」などと絶賛する奴のように、「いっやー、シェフ、やばいっすよ。魂、はいってますよね。あと、サフランもムッチャはいってますよ。マジ、すっげーっす。今度、友達、連れてきていいっすか?」と絶賛しようかとも思った。

しかし、どんなことより嘘が嫌いで、嘘をつくくらいなら温泉に行ってシューマイと伊勢エビの茶碗蒸しを食べた後、浴衣姿で街に出て、オーエル風の二人連れに声をかけて無視される方がまだいくらかマシと平常から愚考している私としてはそんな嘘はつけず、だからといって正直にまずいというのはシェフに対して悪すぎるし、と思った私は、なにか双方が丸く収まる手だてはないものか、と考えに考え、ひとつの文言に思いいたった。

すなわち、空腹は最上のソース、という文言である。この文言の意味するところは明白で、人は腹が減っているときはどんなものでもうまい、と感じるということである。

ということは逆から言えば、腹がくちいとき、満腹のときは、どんなご馳走でもおいしいと感じられないということである。

そして、「予約でいっぱいの店のパエリア・シェフ入魂のサフラントマトソース」を食べたときの私がどんな状態だったかというと、確かに腹が空いた、と感じてはいた。しかし、考えてもご覧なさい。私は「予約でいっぱいの店のパエリア・シェフ入魂のサフラントマトソース」を食べる前に、わずか214kカロリーしかないとはいえ、トマトリゾットを食べてしまっているのだ。

もちろん、それを物足りなく感じたからこそ、「予約でいっぱいの店のパエリア・シェフ入魂のサフラントマトソース」を食した訳だが、それはもしかしたら、空腹というよりは、自分はわずか214kカロリーしか摂取していないのだ、という思い込みからくる空腹であって、肉体的にはそう空腹ではなかった、すなわち、その飢餓感は精神的な飢餓感であった、と言えるかもしれないのである。

だとすれば、シェフはなんにも悪くなく、シェフの腕が悪いとか、銭目当てでメーカーに名義だけ貸して、本人はたいしてコミットしていない、といった批判はてっぺんから誤りなのである。

しかし、シェフへの疑いがこれでやんだ訳ではない。なぜなら、激烈に腹が減っていないとうまいと感じられないものというのは実はまずいものではないのか、と思うからで、予約でいっぱいの店をなんとかして予約して出かけていき、料理を三皿注文して、一皿目で214kカロリーを超えてしまったので、あとの料理はおいしくもなんともない、というのでは困るからである。

いったいどういうことなのだろう。まだ見ぬシェフ。会ったこともないシェフ。しかし、私はシェフを信頼していたのだ。シェフを信じていたのだ。シェフともあろうものが私たちにひどいことをする訳がないと思っていたのだ。なのに、シェフはその信頼を裏切ったのか。カネに目がくらみ、名誉に幻惑されたのか。一料理人だったあなたは経営者になってしまったのか。長ネギとタマネギで野球しようよ。鍋をかぶってふたりきりで突撃しようよ。シェフ、ねぇ、シェフ。答えてよ、シェフ。なんで、黙ってるの。シェフフフフフッ。

と、絶叫した瞬間、頭の電源が落ちた。頭の電源が落ちて、真っ暗になった頭の中で動けないでただ目を凝らしていると、暗闇は次第に青みを帯びてきて、そこが草原であることがわかった。どうやら草と空以外なにもないところであるらしかった。

なるほど。私の頭の中にはこんな風に草と空しかなく、だから私は愚図なんだな。アホーな文章しか書けないのだな。そう合点して自嘲的にひとり笑っていると目の前に四十七歳くらいの男が立っていた。

「こんばんは」

「こんばんは」

「ちょっと話していいですか」

「どうぞ」

「どうやらあなたはシェフのことでひとりで苦しんでいたようですな」

「わかりますか」

「そりゃあ、こんなところにいるんだもの。わかりますよ」

「実は、ええ、そうなんです。私は信頼していたシェフに裏切られたかも知れないのです」

「わかりますよ。でも、あなたちょっと自分本位じゃないですか」

「え、私が自分本位なんですか」

「そうです。思い当たる節はありませんか」

「うーん。ないんですけど」

「じゃあ、尋ねますけど、あなたそれいくらで買いました?」

「はあ?」

「その、パエリアをあなたはいくらで買ったんですか」

問われて私は咄嗟に答えられなかった。いくらで買ったか忘れてしまっていたからである。

「うーん。いくらだったたっけかな」

「ほらね、そこですよ、そこが自分本位なんですよ」

「どういうことですか」

「あなたは相手になにかしてもらうことばかり考えていて、自分が相手になにをしてあげられるか、ということはまるで考えていない。あなたは少なくとも千円は払ってない訳でしょう」

「そりゃそうですよ。だってコンビニエンスストアーで買ってきたインスタント食品ですよ。千円もする訳ないじゃないですか。したって三百円かそこらですよ」

「ほらね」

「なにが、ほらね、なんですか」

「まだわかりませんか。あなたさあ、そのパエリアがレストランで食べるのに比べて味が落ちる、シェフに裏切られた、とか言ってるけど、あなたは三百円も払ってない訳ですよね。二百何十円しか払ってないんですよね」

「あっ」

「やっと気がつきましたか。あなたは三百円も払わずに、世界的なシェフに向かって裏切られたとか、カネに負けた、とか言ってるんですよ、恥ずかしくないんですか」

そう言われて一言もなかった。心の底から恥ずかしかった。

そうだ。私は三百円も払っていないくせに、相手に三千円のことをやってくれ、と言う、無粋な馬鹿野郎だったのだ。ルールもマナーも知らず、周りが嘲笑しているのにも気がつかないで、尊大で無礼な態度をとって恥じない田舎者だったのだ。

ああ、恥ずかしい。ああ、情けない。穴があったら入りたい。花があったら飾りたい。

そんな気持ちになると同時に、私は自分をそんな気持ちにさせた男が憎くなった。こいつがそんなことさえ言わなければ、黙っていてくれさえすれば俺はこんな気持ちにならずに済んだのだ。

逆恨みとわかりつつ、その気持ちを統御できなくなった私は、いつの間にか握りしめていた白刃を振りかざして、すぱん、男を胴斬りに斬った。男の上半身が草むらに転がった。下半身はその場に立ったままだった。噴水のように血が噴出していた。

ところが驚くべきことに、そんなになりながら男は、「恥ずかしくないんですか。普通の神経だったら恥ずかしさのあまり舌を嚙んで死にますよ」と、まだ、そんなことを言っている。「うるさい。まだ言うかっ」男の血を浴びて全身、朱に染まった私は絶叫して、男の胸と言わず顔と言わず腹と言わず、ざくざくに刀を突き立てた。

それでも男は、「ははははは、そんなことをしても僕は黙りませんよ。あなたは恥知らずの味盲の豚だ。腰蓑つけて西麻布のテテスの前で稚拙な踊りを得意げに踊る、粒よりの頓馬だ。人間の道明寺だ。リフォームなんかしても無駄だ。おまえのようなバコ、というのはバカとタコのもっとも悪質で愚劣な部分をふたつながら受け継いだ最悪の痴れ者という意味だが、が、素敵な生活なんか送れる訳がない。おほほほほほ」などと言ってやめない。

もはや耐えられなかった。そこまで言われて生きていたくない。死んでやる。

私は自らの首に刀をあて頸動脈を切った。

がすん。また、頭の中の電気が切れて真っ暗になった。

第十回
立ち上がれ外食ちゃん

気がつくと私は二階の寝室で下半身を丸出しにして床に倒れており、そこいらに脱いだ猿股とレンジ食品の空殻と割り箸が散らばっていた。

外を見るともはや夕景で、ずっと聞こえていた工事の音も途絶えていた。私はからっぽだった。私の身体のなかは悲しい飢餓感でいっぱいだった。

しかし、いつまで下半身丸出しで転がっていたって仕方ない。人間というものは七転び八起き。七度転んでいる人が八度目に起きれば回復する。ここで奮起して前向きにポジティヴに頑張って夢を信じて明日に向かってジェーポップ聴きながら生きれば夢はきっと叶う。夢は絶対に実現する。自分を信じて、自分に正直に、自分らしく、自分らしい陰茎を丸出しにして生きていけばいいのだ。自分らしい睾丸をぶら下げて生きていけばいいのだ。さすれば夢はきっと絶対叶って、僕は、ラララ、素敵な生活を送ることができるようになるに違いない。

そんな風に思って私は立ち上がった。しかし、ただ、立ち上がればよいというものではなく、とはいうもののやはり人間らしく、生きるためには猿股を穿き、ズボンを穿かなければならない。

猿股を穿きズボンを穿いた私は、しかし、ただ立っていたのではない。私はそんな甘ちゃんではない。だからといって辛ちゃんでもない。ではなにちゃんなのか。そのときの私は一個の外食ちゃんであった。

どういうことか。一時は自裁を決意するほど落ちていたが、人生に対する前向きな姿勢を獲得した私は、シェフの関与したという触れ込みの三百円のインスタント食品を食すのではなく、実際にシェフが腕をふるっているレストランに堂々乗り込み、三千円の料理を食してやろう、キッチンが使えない工事期間中はそれを続けてやろう、と決意した。そう、いわゆるところの外食をしてやろうと思ったのだった。外食の鬼となり果て、餓鬼道地獄をへめぐってやろう。そう決意したのだった。

もちろん、それにはお金がかかる。しかし、金は天下の回りもの、どうせ莫大な工事代金で途轍もない借金を負っているのだ。外食分くらい増えたって大勢に影響はない。全額借金でござる、全額借金でござる。というフレーズを頭の中に谺（こだま）のように響かせて、「国民の生活が第一。」、というキャッチフレーズを念仏のように唱えて、右手に数珠、左手にタンバリンを持って進んでいこう。或いは、玩具の猿のように無表情でシンバルを打ち鳴らしながら。そんなことを考えながら、バスに乗って山を下り街に出たら午後五時三十五分であった。

さあ、しよう。外食を。そしてシェフの真の実力を堪能しよう。

そう思って四囲を見渡すと、普段はまったく目に入っていなかったがたくさんの飲食店があった。というか、飲食店だらけであった。飲食店の坩堝と言っても言い過ぎではなかった。寿司屋があり仏料理があり伊料理があり支那料理があり日本料理がありなんだかわからん料理があって、安そうな店から高そうな店まで渾然一体となって無秩序に展開していた。

勢いに乗ってここまで出てきたがここは一番、頭を整理してかからんといかんな、と思った。行き当たりばったりに飛び込んで食べたくもないものを食べたり、法外な勘定書を突きつけられたりしたら素敵じゃないからな。というので、自分がいまどんな外食をしたいのかを考えるための道順をまず考えた。

ひとつは予算から考える方法があるが、いきなり金から入るのも夢がないような気がしたので、ジャンルから考えることにした。

そして次にいよいよジャンルをしぼる作業に取りかかり、後ろから来た方に、邪魔だ、どけ。と言われ、よろけた、その瞬間、とりあえず仏ではないな、という考えが浮かんだ。同時に、この私が任意の一点に立ち止まり、考え事をしている歩道は幅が狭く、仲のよいふたりの人間がぎりぎり並んで通れるくらいなので、私がここで立ちどまっていたら世の中の人は随分と迷惑なのだろうな、という考えも頭に浮かび、いくら自分が素敵な外食をしたいからといって、世の中に迷惑や害毒をまき散らすのはよくないので、とりあえず歩き出した、その瞬間、伊でもないな、という考えが頭に浮かび、ということから支那でもない、という考えが導きだされ、そうなると和洋中というくらいだから、和ということになるのだろうな、と思った瞬間、前方に、普段から前を通る度にそのてんこ盛り振りに感心していた、店頭にこれでもかと言うくらい幟（のぼり）や看板やポップやサンプルをてんこ盛りに掲示し、随分と目立っている居酒屋がみえてきた。確か牛鎌水産といって新鮮な魚介類を主体としながら低価格路線を打ち出している店だった。

いいんじゃないか。と思った。好みの料理を随意気儘に注文し、酒やビールを飲み散らすなんてちょっと素敵じゃないか、と思ったのである。

いまの感じ感でいうと、そうさな、なんでもいいから刺身、これは関西方面では造りというらしいが、うまそうなのをそういって大吟醸酒を飲む、なんていうことが僕はしたいんと違うかな。

そう自分の心に問いかけると、アーメン、まさにその通りです、という答えが返ってきたので、相変わらず周囲には飲食店が溢れ返っていたが、目もくれずにその、いろんな掲示物がてんこ盛りの牛鎌水産に向かって突進していき、ついに店頭に立ったところ、どうも様子がおかしく、なにか活気がない。

どうしたのだろう。そう思ってよくみると、いろんな掲示物のなかの電飾看板や提灯がいまだ灯っておらず、短い廊下様の通路の奥のドアーには、支度中、と描いた木の札がぶる提げてあり、さらによくみると店頭には開店時間と閉店時間を記した掲示物もあり、それによると、この店は午後六時開店なのであった。時計を見ると五時四十分であった。

ということは二十分すればこの店が開くということで、二十分は長いと言えば長いし、短いという立場に立てば短い。長いと判断できるのは二十分もあれば、機械部品を三十個生産するみたいなことをしても可能だし、牛の乳を二リットル搾る、といったようなことができるからで、短いといえるのは、国領にいるのに二十分以内に内幸町に来てくれ、と言われてもそれは無理だし、二十分でこの国の財政をたて直す、なんてことも不可能だからである。

だから私は、えー？　二十分、なげーよ。とも言わなかったし、おほほほ。たった二十分なの。そんなの一瞬よ。とも思わなかったが、ただ、そこにじっと立っていると、また、世間の方の邪魔になってしまうので、前に向かって歩いた。

行く手には変わらず無数の飲食店が氾濫していて、そのなかに牛鎌水産と同じような居酒屋があった。道路の左側の歩道を歩いていた私は、右前方のその店に向かって道路を渡ってわざわざ店の前まで行った。その店は五時開店で、もはや営業中であった。品書きの内容も似たようなもので、ままよ、この店に入ってしまおうか、とも思ったが、しかし、店先の雰囲気が暗いというか、あの牛鎌水産の華やかさと比べるとどうしても見劣りがしてしまい、この差がそのまま味の差になっているのではないか、と思えてならないので、その、茫洋、という店の前を離れて歩き出した。五時四十二分であった。

暫く行くと交差点があった。交差点に面して飲食店が軒を並べていた。左へ曲がり暫く行くと、正面が木枠のガラス窓、木枠のガラス戸で、門口に丸いランプが提げてあるなど、大正ロマン調というか、西洋骨董風の外観の、牛鎌水産とは若干、趣を異にする居酒屋があったので、看板を見ると、「居酒屋狂気のキュイジーヌ」と描いてあり、その店名が、なにか自分を試している、自分に挑んでいる、「いろいろ言ってるけどしょせんは君もつまらぬ常識家なんだな、ははは」と嘲弄されているように思われる部分もあって、よし、受けて立とうじゃないか、と思わないでもなかったが、うかうかとそんな挑戦を受けて、相手の狂気にぼこぼこにされて、精神的にも肉体的にも二度と立ち上がれないくらいのダメージを受ける、などというのはまったく素敵じゃないし、それに、やはり冷静になって考えれば牛鎌水産の方が一万倍魅力的で、普通に考えて、狂気のキュイジーヌと牛鎌水産、どちらを選ぶかと言われれば牛鎌水産を選ぶのが常識で、まあ、狂気のキュイジーヌはそれをして、つまらぬ常識家と言っているのかもしれないが、普通の冷静な頭で考えれば、それこそが狂人の意味不明な言説としか思えず、誰が入るか、こんなとこ。と呟いて、狂気のキュイジーヌの前を離れた。危ないところであった。つい挑発に乗ってひどい目に遭うところであった。五時四十九分であった。

第十一回
六時には開かない居酒屋

さらに二度、左に曲がって牛鎌水産の前にいたった。六時一分であった。よし。では入ろう。牛鎌水産に。入って清酒を鯨のごとくに飲み、お造りを馬のごとくに食らおう。しかし、馬は刺身を食べるのだろうか。食べないのではないか。あいつらは人参とか草とかを食っているのではなかったか?

ええいっ。そんなことはどうでもよいではないか。とにかく、いまは美味なるお料理をいただく。甘露なる御酒を頂戴する。そのことだけを考えればよい。そのためには頭脳を桃太郎侍のようにシンプルに整えておく必要がある。余計なことを考えてはあかぬ。

そう自分に言い聞かせて牛鎌水産に入ろうとしたところ、牛鎌水産の細い露地様の入り口に、こんなことを言ったら申し訳ないし、自分もできればそういうことを言いたくないのだけれども実際のことなのでやむを得ず申し上げると、お金のなさそうな若い人が五人、露地でもじもじしていた。

即座に、はっはーん、と思いあたることがあったのは、自分にも若い時分に覚えのあることと、というか、年をとったいまでもしばしばあること、つまり、懐具合とご相談、というやつで、店頭に貼り出された品書きを見て、この店に入るかどうかを検討しているのである。いやいやいやいやいや。心中はお察し申し上げる。けれども僕はもはや決意したおっさんだ。家も素敵な感じにリフォーム中だ。全額借金でござる、だ。申し訳ないが、君たちが検討し終わるのを待っている訳には参らぬでな、ちょっと通らせてもらうよ。

と心のなかで言いつつ実際には、「あ、ちょっとすみません」と卑屈な感じでいって、腰をこごめ手刀みたいなことをして通り過ぎ、露地様にしつらえた通路奥のドアーの前にいたって、はたと立ち止まったのは、そこに、支度中、と書いた木札がぶるさげてあったからである。

ということは、貧乏な若者が懐具合と相談している、というのは濡れ衣だった訳で、というか私は、大人しく店が開くのを待っている若者を押しのけて我勝ちに入ろうとした傍若無人なおっさん、ということになって、すまんの、すまんの、満濃町。と心のうちで若者たちにコントD51風に謝って、いま一度、後ろに引き下がり、誰も見ていないのに照れ笑いのようなことをして待つことにした。

しかし、おかしいのは六時開店、と明記しながら、六時に開店していないということで、いったいどうなっているのだろうか、と訝っていると、同様の疑問を抱いたらしい若者のうちのひとりが、果敢にもドアーを開けて中に入っていった。

そのとき私は、いよいよ我が国にもこういう若い者が出てきたか、と感心した。

ただ、漫然と待つ、という受け身の姿勢ではなく、居酒屋の開店時間に不審を抱いたなれば自ら乗り込んで不審をただす。この若者は人生のあらゆる局面でそうした決然とした態度をとるのだろう。薄力粉と中力粉のどっちがよりよいのか、なんてことも曖昧にせず、明快な結論を出していく。ブリーフとかも臆せず穿く。回転寿司などでは回っているものには目もくれず、欲しいものを直截に注文する。そういう潔い態度に僕はものすごく好感を抱いた。もちろん、愛してるとかそういうことではないが。しかし、ビール一杯くらいは奢りたいと思おうかなと思うくらいに好感を抱いたのであった。

そしてその潔い若者は男の店員とともに出てきた。

店員は紺の藍染め様の和風と洋風が合併したような制服を着ており、太って顔が大きく眼鏡をかけていた。とも布の頭巾を被っていた。店員は、どうぞどうぞ、という風な仕草で、余の若者を店内に請じ入れた。

若者たちはぞろぞろと店に入っていったが、この若者に続いて入れば店員に同じ、ひとかたまりの客として認識される、と思った私は、暫し後方に立ち止まり、一拍おき、これでは一瞬だ、と思ったのでさらに三拍をおいてドアーの方へ進んだ。

そのとき太って顔の大きい店員はなにをしていたかというと、粗忽だなあ、若者たちの後ろに私がおったことに少しも気がつかないで、苦笑いと照れ笑いの中間的な笑いを浮かべながら、向こうを向いて支度中の札を裏返していた、そこで私は店員に、「いいですか」と声をかけた。

その声を聞いて振り返った店員の表情を私は生涯、忘れないだろう。

どんなことであったかというと、まず店員は笑っていたのである。笑いながら木札を裏返していたのである。そこへ客である私が声をかけた。普通であれば、笑ったまま、「どうぞ」と言って私を中へ請じ入れるだろう。若者たちにしたのと同じように。

ところが店員はそうしなかった。

声をかけた私を見た瞬間、笑うのをやめ、馬のような無表情になった。そしてその直後、ぞっとするように冷たく、極度に無関心な、周囲の忠告・助言を無視し、自業自得としか言いようのない数々の愚行を演じた挙げ句、すっかり落魄（らくはく）して世間の笑い者となりつつ、なお、虚勢を張って意気がっている痴れ者を見るような眼で私を見て、「いいですよ」と吐き捨てるように言い、私をその場に放置して店の中に入っていった。

そう。店員は明らかに私を厭悪していたのである。

そのとき私の心の奥底にはふたつの感情が渦巻いていた。

ひとつは激しい憤怒である。

なぜ、貧しそうな若者には笑みを浮かべ、俺には笑みを浮かべぬのか。というか、そうして店員らしい愛想を笑っていたのをわざわざやめて、ぞっとするような冷たい眼で見るのか。おかしいじゃないか。俺がなにをしたというのだ。客を差別するな。なめとったらあかんど。なめとったら殺すど、という激しい憤怒。

そしてもうひとつは深い悲しみと絶望であった。

ただ、ひたすら悲しかった。なぜ私はあんな態度を取られなければならなかったのか。わからない。私が人間的に劣っているからだろうか。見たところ、あの若者たちと比べて私が人として特段、劣っているとは思えなかった。しかしそれは自惚れなのだろうか。実は私は誰の眼にも、一段、劣ったような人間、と映るのだろうか。そんなはずはないと信じたい。信じたいが、あの店員が私を見下していたのは事実である。そのことがただ単に悲しい。泣きたい。というか、実際に涙が出る。別にＶＩＰとかセレブとか、そんな扱いをしてほしいのではない。ただ、私は公平に取り扱ってもらいたかっただけだ。でも、それをしてもらえなかった。私が、彼から見て、虫けら以下の、腐敗した生ゴミほどの価値もない人間であるがゆえに。

そんな激しい思いに駆られて私は二十秒ほど、その、露地様の通路に立ち尽くしていたがやがて踵(きびす)を返してその店を後にした。

この店に入り、なにかを注文する限り、あの、ぞっとするような、臓腑を抉るような、冷たい侮蔑の視線にさらされ、「ああ、いいですよ。別に」と吐き捨てるように言われ、もちろん、あの若者のグループを最優先にするため、すべてを後回しにされるに違いなく、さらなる憤怒と悲しみと絶望を抱くことになるのが明白であったからである。

私の心の傷は深かった。

さきほどあれほど色とりどりで賑やかに見えた町並みが、灰色の、意味をなさない、バラバラな記号のように見えた。

それでもなんとか自分を鼓舞、「いつまでもくよくよしていたって仕方ない。過去に拘泥するのではなく、未来に眼を向けて生きていこう」と思おうとする気持ちもあったのだけれども、いわれなき差別、という圧倒的理不尽に対する、怒りと悲しみは巨大で、なんで俺だけあんな仕打ちを受けなければならないのか、という疑問を心からぬぐい去ることができず、私はそれ以外のことをなにも考えられない状態で町をほっつき歩いた。

そしてそのうち、さらに悲しいことになってきたというのは、マジで本気で腹が減ってきたということで、ひもじさが悲しさ、惨めさに拍車をかけた。

しかし、心の傷は深く、店に入ろうとしたら、またあんな目に遭うのではないか、という恐怖心が募って気楽に店に入っていくことができない。

私は暮れなずむ町で悲しみと絶望にうちひしがれていた。

第十二回
差別される人間

牛鎌水産の店員に迫害され、差別された私は深い心の傷を負った。

というと、「なんかしてけつかんのんじゃどあほ。思春期の兄ちゃんネェちゃんならいざ知らず、もはや五十になんなんとするおっさんがなにをナイーブなことぬかしとんね、あほんだら。あんまりNSPの歌詞みたいなことぬかしとったら直腸に練り芥子注入すんど、ぼけ」と、目を剝き口から非常に臭い臭気を発散しつつ私を批判する人があるかもしれない。

しかし、それは実は違っていて、私の心は過去の様々な経緯によってこの種のことについて、きわめて敏感になってしまっているのである。というと、過去になにがあったか聞きたくなるのが人情であろうかと思われるので申し上げるが、私はもう枚挙にいとまがないくらい始終こんな目に遭っていて、なにから申し上げたらよいか判らないくらいである。例えば、ある日のことを言おうか。ある日、私はパーティーに行った。パーティーにはご案内の通り世話係の制服を着た女性がいて客に飲み物や食べ物を配っている。

人々が談笑する会場で私は隅っこの丸テーブルでひとりおし黙って赤ワインをがぶ飲みしていた。

同じ丸テーブルには数人の人がいて、グラスを片手に談笑をしたり名刺を交換するなどしていた。そこへワインを持った制服姿の女の人がやってきた。美しい人であった。

女の人は私の近くにいた人たちに、ワインはいかがですか、とにこやかに言った。それに対して、その人たちは、いいっ、とぞんざいな口調で言ったり、女の人の顔も見ないで、あくれ、と言うなど横柄な態度を取っていた。

そんな態度を取られながらも女の人は笑みを絶やさず奉仕していた。それを見ていた私は、なんて素晴らしい人だろう、と思っていた。見た目だけではなく心も美しい人なのだな、と思っていた。

そして女の人が、どのように考えても次は私の順番だろうというところまできた。しかも私のグラスは疾うに空であった。

私は先ほどから心に決めていたことがあった。その女の人に交際を申し込もうというのではない。そんな大それたことは考えない。私はその女の人が私にワインをすすめたら、ちゃんと目を見て、お願いします、と言い、注いでもらった後は、ありがとう、と礼を言おうと思ったのだ。

もちろん私は周囲の人のような、話し相手がたくさんある、業界に権勢を揮う権力者ではない。せめて全体の雰囲気を悪くしないように、と、片隅で小さくなりつつも、普段呑む安酒に比して格段に酒がうまいので、ついがぶ飲みしてしまっているような痴れ者だ。しかし、というか、だからこそ横柄な態度だけは取らないようにしよう、とそう心に決めたのだった。

そしていよいよ私のすぐ側に立った女の人が私にワインをすすめるのを待った。ところがいかなる禍事(まがごと)か、女の人はきわめて不自然な態度で私の脇をすり抜け、隣の人のところにいってにこやかに飲み物をすすめた。私の脇を通過するとき、女の人は能面のような表情をしていた。

私は咄嗟に、なにかの偶然なのだろう、と思った。例えば、女の人が私の隣を通過するとき突然、「あっ。夕方、家出るとき、ガスの火ぃ消したやろか?」みたいなことを一瞬思って、仕事の方が疎かになった、といったそんな偶然。

しかし、そうでないことがその後、明らかになった。というのは、女の人はその後、何度も私のところにやってきたのだが、その間、一度も私に飲み物をすすめず、最後の方などは私の顔を見るときわめて不機嫌そうに顔を歪め、いまにも、ちっ、と舌打ちしそうな剣幕であったのである。

こんなむごい仕打ちを受けて心が傷つかぬ者があるだろうか。ないにきまっている。

いや、そりゃもちろん、一度や二度、そんなことがあったくらいなら、笑い話で済む。なぜなら傷というものは、どんなひどい傷であっても時間が経てばやがて癒えるからである。ところが私はあまりにも頻繁にこんな目に遭った。大磯のヤキトリ屋で。六本木のマツキヨの前で。大森の書店で。自由が丘の銀行で。千住の郵便局で。高円寺の竹馬屋で。新宿の映画館で、雑踏で、駅で、公園で、トイレで、ホテルで、図書館で、いつもいつもこんな目に遭っていた。

つまり私の場合は傷が癒える暇がなく、いつも生傷が露出してひりひりしているような状態だったのだ。

しかし、私とて座視していた訳ではない。こんなことではいかぬと思い、「ベリバリ人間術」「人間関係がスポスポする本」といったような本を読み漁って自分なりに勉強、対策を講じてここ一年くらいはそんな目に遭わないで済み、傷はかさぶたとなって、治りかけていた。それをばなんということをするのだろうか、あの牛鎌水産の太って眼鏡をかけた兄ちゃんは、そのかさぶたをべりべりはがしてしまったのだ。痛ったー、こころ、痛ったー、ってことで私の心の傷はふたたび外気にさらされてしまったのである。

そんなことで私は、これは生半に店には入れないな。なぜなら、またぞろ開いた傷のうえを引っ掻かれるようなことになったら痛くてたまらないから、と考えつつ、すき腹を抱えて夕暮れの街を歩いたのだった。

しかし、犬も歩けば棒に当たる、暫く裏通りを行くとよさそうな店があった。

表は間口二間の格子造りで、その格子の木口が風雨にさらされてちょうど良い感じに白っぽくなっていて容子が好い。店先には、げはな、と、店名を染め出した暖簾が掲げてあるだけなのも、しゅっとしており、あの牛鎌水産のげしゃげしゃとは大違い、月とスッポンである。スッポン料理でも食うてこましたろか。

なんつって入ったところは土間で通路のようになっていて、左側は木の引き戸が立ててあり、正面に暖簾があった。黄色い電球が灯っていた。暖簾の手前右に丸い障子の嵌った窓があってその下になんというのか知らぬけれども季節の生け花が飾ってあった。

はははは。渋いなあ。やはり私ももう五十。やはりこういう店で呑まないとあかぬな。ああいう二十代の小せがれが行くような店に行っていてはあかぬ。

というのはいいのだけれども、おかしいのは、からからから、と格子戸を開けて入ってきたのにもかかわらず、店の人がたれも出てこないという点で、仕方なく別に済まないことはなにもしていないのだけども、すみませーん、すみませーん、と声をかけると奥から、和服姿の太り肉の女性が出てきて怪訝そうな顔でこちらを見て、やがて言う。

「なんでしょうか」

「いや、あの、なんてことないんですけど、いいですか」

「なにがですか」

「ああっと、つまり、もう営業してますか」

「ええ、うちは五十年前からここでやってますけど」

「いや、そういうことじゃなく、今日はもう開店してるんですか」

「ああ、はい、やってますけど」

「じゃあ、あのお願いします」

「なにをですか」

「だからあの、お願いしたいんですよ」

「あの、寄附とかそういうものでしたらお断りします」

「いや、そうじゃなく、っていうか、別に僕がお願いするっていう訳じゃなくてね、それはさっき僕はすみませんって言いましたけど、あれもそうで、別に僕に謝る理由はなにもなくて、一応のね、人間としての敬意のようなものを払おうと思って、そう言っただけでね、つまり、気を遣って言っただけであってね、だからお宅は店な訳じゃないですかあ？　それで僕がこうやって入ってきたら、僕がお願いします、って言う前にそっちから言うべきことがあるんじゃないかなあ、と僕はこう思うんですよ。それは言いましょうか。言いたくないけど言いましょうか。いらっしゃいまし、っていう一言なんじゃないかなあ」

　言っているうちになんだか昂奮してきて、最後の方ははあはあ言いながら一息で言った。

　言い終わって女性の顔を見ると顔色が変わっていて、女性は返事をしないまま、暖簾の奥に駆け込んでいった。

　暖簾の向こう側で、

「ちょっと、重さん、なんか変な人が来てんのよ、早く早く、１１０番、１１０番」

　という声が聞こえた。

　というところまで想像をめぐらせ、その続きの、連行の挙げ句、強請（ゆすり）たかりと頭から決めつけられ、さんざんに不愉快な目に遭わされて、心に深さ三センチ長さ十五センチに及ぶ重傷を負わされたうえ漸く釈放される、というところまで具体的な想像をするとそれだけで心に傷を負うので想像を中断して、その、げはな、といういい感じの外観の店の前を離れた。

　腹の減りがえげつないことになりつつあった。

第十三回
ちょうどいい、が難しい

傷ついた心と空いた腹。ふたつを抱えて夕闇迫る町をありくありくありく。飯屋は山ほどある、いくらでもある。ならばどこでもよいから入ればよいではないか。入って飯を食べればよいではないか。というのは、世の中には女がたくさん居る。誰でもよいから結婚すればよいではないか。というのと同じくらいの暴論で、そりゃあ、大勢居る人間の半分は女だ。しかし、女なれば誰でもよいという訳ではなく、うんと年を取った八十歳の女性とは結婚できないし、反対にうんと若い、七歳の子供とも結婚できない。

じゃあ、ちょうどいい加減な年頃なら誰でもよいかというと、そういう訳でもなく、やはり好みのタイプというものもあるうえ、結婚するとなれば、極端に性格が悪かったり、過激な思想を信奉していたり、奇怪なカルト宗教を信仰しているような方は遠慮しておきたい。

となると対象者数はごく少なくなってくるが、そのなかからようやっとひとりを選んだとしても、こんだ、向こうの方でうんというとは限らず、性格がよく、穏健な思想の持ち主で、年末にクリスマスを祝い、正月には初詣にいくという美人に、高学歴・高収入・高身長が希望。無理っ。なんて云われた日には、こちゃ、尻尾を巻いて退散、土下座しながらもの凄いスピードで後方に走り去るより他ない。

というのは人体の構造上、不可能のように思われるが、台車のうえで土下座して自動車に縄で引っ張ってもらえば十分可能である。

といってじゃあやりたいかというと、そんな不細工なことはできればやりたくないので、いいなあ、と内心で思っていても、口に出さないで黙っていることが多い。

といった事情は飯屋にもそっくりそのまま当てはまるのであり、ちょうどいい相手に巡り会って結婚するのが難しいように、いまの気分や財布の事情などにぴったりあった飯屋に巡り会うのはきわめて困難なのである。

そういうときのために東京カレンダーといったような素晴らしい雑誌があるのであるが、残念なことに私がいまほっつき歩いているのは東京ではなく地方都市で、せっかくの東京カレンダーも役に立たない。

そのうえ、申したように私の心は傷つきやすくなっている。というか、牛鎌水産の店員の心ない仕打ちによって既に傷ついている。このうえさらに、無理っ、とか云われたら、残された道は自裁しかない。

そんなことを思いながら店を見てありく。ありく。ありくうち、川にぶつかった。橋が架かっている。コンクリートの護岸がある細い川。水はそんなに深くなさそうだが、川岸から水面までは、七メートルくらいあり、欄干を乗り越えてダイブしたら頭脳を強打して気絶し、意識を失えば水深が浅くても溺死できるそうだから、自裁は十分可能で、いっちょやってこましたろかしらん、と思って川面を眺めた。

うん。いけそうだ。

素敵な生活をトコトンやる。そんな野望を抱いた時期もあったが、そんなことをやっても結局、女にも持てないだろうし、ご飯だってまともに食べられない。心はボロボロに傷ついて、孤独と絶望をたっぷり味わい、癒しグッズ屋だけを儲けさせるためだけに働いている。そんな人生を一瞬で終わらせることができる。

よし。やってこましてやろう。

そう考えて欄干を乗り越え、いま一度、真っ黒な川面を眺め、ただ黙って飛び込むのもなんなので、一応、南無阿弥陀仏、と唱え、華麗にダイブしようと身を乗り出した、その瞬間、あれ？　と意外の念にうたれて固まった。

真っ黒だと思っていた川面が五色に美しく揺れていたからである。

どういうことだろう。もはや私は浄土にきたのだろうか。

そう思ってつくづくうち眺めたところ、川面に揺れる光は対岸の飲食店の光であった。

なるほど。飲食店の光か。でもどうせ私には高嶺の花なのだろう。はは。ははは。

笑いつつ、光の源にのろのろ目をやり、そして、お？　と思った。

以前、前を通りかかって、好ましく思っていた店であったからである。

店の名前は「現愚」。商うできますものは天婦羅である。

店構えは高級店というのではない、かといって低級店というのではない、かといって中級店というのでもない、このあたりには珍やかな、趣味のよい外装で、和風な感じながらも軽快感があり、気安さと気高さが同居して、知的な美人なのだけれども親しみやすく、私のような愚劣な人間にもわけへだてなく気さくにふるまってくれる女性、みたいな雰囲気があって、好ましく感じつつも忘れていた店だった。

あしこならことによるといけるかも。

真っ暗だった前途に幽かな光明がみえたような心持ちがして私はとりあえず死ぬのをやめた。

一応、店の前まで行ってみて、それで駄目だったら死のう、と思ったからである。

そんなことで、欄干から降り、店の前まで行ってみたところ、確かに素晴らしい感じだった。

なにがよいかといって、素材がよかった。というのはこの店で使用される素材はすべて地元で獲れた新鮮な素材を用いている、という点である。

そりゃそうだろう。料理などというものはいくら技術が優れていても、素材があかねばあかぬ訳で、料理番組を見つつ、「そらそんなええ材料、使たらうまいに決まってるがな」と呟く人は多いことだろうし、いくら高名なシェフでも半ば腐敗したような素材で美味なる料理をこしらえることはできない。

その段、この、「現愚」は、地元の新鮮な素材を使っていて、実に具合がよろしい。

では地元で獲れるものとはなにかというと、鯵、穴子、桜海老、鮑（あわび）、栄螺（さざえ）、金目鯛、比目魚（ひらめ）、伊勢海老などであって、そうしたものを天婦羅に拵え、或いは、お造りに、或いは、たたきに、或いは焼き魚に、或いは丼ものにして供するという訳で、もちろん、牛鎌水産のメニューにも似たような品物は並んでいたが、見た感じ、こちらの方が遥かに本格という印象があるのである。

だからといって乙に澄ました、私のところは本格の高級店ですよ、普段、貧しい暮らしをしていて味の判らない人、サンダル履きの人、入れ墨のある方、泥酔者、七歳以下のお子様、パンク歌手、低学歴の方、ニートの方、三日以上お風呂に入っておられない方の御入店をお断りいたします、みたいなこともない。

というのがなぜ判るかと言うと、牛鎌水産ほどではないが、店頭に、「鯵たたき定食1500円」「海鮮丼1800円」と大書したB4大のPOPが掲示してあったからで、右に申し上げたような高級店なれば、このような、「自分とこはナンボナンボでなにが食べられますよ」みたいなことは掲示せず、あくまで乙に澄まして、ナンボかかるかは入ってみないと判らないが、とにかく空恐ろしく高いことは間違いないだろう、みたいな雰囲気を醸成しているはずだからである。

ということは心が傷つくこともなく、おいしいものを食べて酒を飲んで愉快な気分になることがきっとできるはずである。

そのように考えて店に入ろうとして、でもふと躊躇したのは、もしこの店が定食と丼ものしかやっていない店だったらどうしよう、と思ったからである。

もしそうだったら、注文するやいなや飯が運ばれてくる。

となるとちょねちょね酒を飲むわけにはいかず、軽快にさくさく飯を食って腹を無様に膨らませて店を出なければならない。

時間でいえば三十分かそこらで勝負のつく話であろう。

そこのところがやや、さびしい。かなしい。

できれば、小鉢ものをふたつみっつ並べて、小さなものでちょねちょね飲んで、初めの頃はむっつりとしていたのが、盃を重ねるごと、次第次第に顔に赤みがさし、上機嫌なおっさんとなって、てとろしゃんしゃん、しゃらりこしゃいしゃい、なんて鼻歌もので店を出る、というようなことにしたいという希望が自分にはある。

　しかし、定食・丼オンリーなればその希望は叶わない。薬を飲むような感じで顔をしかめてコップ酒を二杯くらい立て続けに飲み、その後は、おもしろくもなんともない、という顔をして、お菜(かず)をつつきながら、盛切飯、盛相飯を陰気にかき込んで、それでおつもりにしなければならない。

　じゃあ、仕方ない。

　やはり死ぬことにするか、と橋の方に戻りかけたが、考えてみれば死ぬのもやはり悲しく寂しいことで、じゃあ、多くを望まず、大人しく定食を食べてキッチンのない家に帰り、放屁をして寝た方がよいのだろうか。

　そう思って「現愚」を振り返った私は再び、お？　と思った。

「現愚」のまさにその隣に、さらに良さげな店があったのである。

第十四回
格子戸の向こう側

現愚の隣の現愚より更にいい感じの店は、匠五、という名前の店であった。どの辺りがいい具合であったかというと、第一印象であるところの店構えがよかった。三軒間口に白木の格子が軽快で、見るうちに自然に、格子戸をっ、くぐり抜けっ、見上げる夕焼けの空にっ、という歌が口をついてでてくる。日本中のすべてのドアーが格子戸になればよいのに、と、そんな気持ちになってくる。

例えば、日本銀行や国会議事堂のエントランスも格子戸にすればよいのではないだろうか。そうすれば、もっと国民目線の経済政策ができるようになり、内需が拡大して景気が良くなるのではないだろうか。

というのが机上の空論でないのは、例えば、いま日本にどれくらいの出入り口があるか、手元に資料がないからわからないが、それをすべて格子戸に作り替えるというだけで、かなりな雇用を生むこともできるのではないだろうか。

というのはまあよいとして、そうした具合に格子戸がよかったうえ、看板がまたよかった。格子戸の右上に、匠五、と書いた木札がぶら下げてあるのだけれども、押し付けがましくもなく、かといって、乙に澄ました部分もなく、ほどよく控えめで、ほどよく親しみ易い感じで、実によかった。

これが、格子戸の左下に、匠五、と描いた、なかに電灯を組み込んだ、行灯看板があったらどうだったろうか。なにかこう安っぽいというか、ありきたりというか、例えば、ギョーザという料理があったとしたら、ごく当たり前の範囲内と言うか、埼玉県秩父市に住む塗装屋のおじさんにも、ロス在住の大物ミュージシャンにも、ひとしくギョーザと認識できるようなギョーザしか出てこないような感じがする。

もちろんそれはギョーザとして間違っている訳ではないが、サザエさんというマンガに出てくるような泥棒が現実に存在しないのと同じく、誰もがギョーザと認識するギョーザは、実は、みんなが一応、ギョーザということにしているもの、に過ぎず、実際のギョーザではない、という可能性があり、まともな料理者というのは、常にそのことを意識しているはずで、それがなされぬギョーザは実はギョーザであってギョーザでないのである。

だからといって、これが、いい感じに小さい、いい感じに無機的な金属板に、小さく、ルーン文字で記してある、みたいな切れた感じの看板だったらどうだろうか。

なにかこうやりすぎているというか、例えばギョーザという料理で言うと、誰が見てもギョーザとは思えない、自由という言葉を形にしたような形をしていて、自由で、ポップで、どこか切ないような部分があり、人間の奥底にあるどうしようもない部分を刺激するなにかもあり、一口食べて愉快な気分、二口食べて鬱病、三口食べて意識が宇宙の果てで粉々になって爆発するみたいな、そんなギョーザが出てくるような感じがするのである。

もちろんそれはそれで人生にとって決定的な意味を与えるギョーザかも知れず、死ぬまでに一度はそんなギョーザを食べてみたい気がしないでもない。

けれどもそれはあくまでもギョーザであって、例えば、昼休み、ランチで、ギョーザを食べる度に、鬱病になったり、宇宙の果てで爆発したりして人生の意味をいちいち考えるなどしていたら、午後の業務に差し障りが出てくる。

また、となると、人に、「あなたの人生に決定的な影響を与えたものはなんですか?」と問われ、普通なら、偉大な人の名前を挙げたり、名著の名を挙げるなどするところを、「私が人生において決定的な影響を受けたのはギョーザです」なんて答えることになり、気がおかしい人と思われて、電話をかけたら着拒、メールを出しても返信がなく、やむなく家に行ったらストーカー扱いされて警察を呼ばれる、なんてなことになってしまう可能性が大なのである。

そういう意味において、この匠五は実にいい感じで、あといちいち説明するのはくだくだしいので省略するが、この匠五、という店名も実によく、もしこれが、わがまま天使、とか、カフェ・ド・YAZAWA、などという名前であったら、あまり入る気がしないが、ちょうどいい感じにふざけていて、ちょうどいい感じに実直な印象があって、入りよい名前なのである。

そんなことで私は、匠五、に入った。

プロレスラーは手四つに組んだ瞬間、相手の実力が分かるらしい。店も同じことで、店に入った瞬間、その店の実力というものがわかるような気がする。では、匠五、はどうであったか。

率直な感想を申し上げると、私は、うっ、と思った。こ、これは……、とも思った。入って左側は格子で隔てられたテーブル席で、正面がカウンター、カウンターの向こう側が厨房で、背後の壁面にはステンレス板が貼られ、ガスレンジがあった。右側の壁にはロースターが組み込んであった。

ガスレンジやロースターの上には、たくさんのフライパンや鍋が積み重ねてあった。

入って左の壁面には棚があり、焼酎や清酒、ウイスキーのボトルが並べてあり、一番奥の角にはテレビが置いてあり、野球中継が流れていた。

壁にはタクシー会社のカレンダーやポスターが貼ってあり、棚の上には色も形もバラバラの段ボールが積み重ねてあった。

白木のカウンターの上の、一段高くなったところには、ネタの冷蔵ケースが置いてあって、いくらかの魚の切り身が並べてあった。どこから潜り込んだのであろうか、冷蔵ケースのなかに蠅が飛び回っていた。

冷蔵ケースの隣には萎れた花を挿した透明の瓶が置いてあり、その隣には飲酒運転撲滅の小さな幟が立っており、一番隅には電話の子機が置いてあった。

カウンターの一段低いところ、すなわち客が食事をするところには醬油の入った瓶と七色唐辛子の入った小さな壺と爪楊枝をいれた盃が盆に乗せて何セットか置いてあったが、補充がなされていないらしく、醬油は残り少なく、爪楊枝は十本ばかりがだらしなく横になっており、七色唐辛子はそれを掬うための小さな匙が、窪みのある所定の位置にないため蓋が傾いでいるうえ、その周囲には少量の唐辛子の粉や麻の実が附着していた。

カウンターの下には物入れがあり、バリバリするような週刊誌や漫画雑誌が突き込んであった。

蛍光灯の白々しい、しかし、黒みがかった光がそうした店内をぼんやりと照らしていた。

先客はないようだった。

ただひとり、ぼさぼさ頭の若い男がカウンターのなかに立ってぼんやりこちらを見つめていた。

初め、この男が店の人だとは思わなかった。なにか店に用事があってやってきた、例えば冷蔵庫の修理を頼まれた人かなにかがたまたまカウンターのなかに立っていて、突然、客が入ってきたので驚いている、みたいなことだと思った。

なぜなら、男の風体・風貌がまったく飲食店の従業員らしくなかったからである。ではなにらしかったかと言われると困るのだけれども、チェックのシャーツにジーンズ姿、やや小太りのその男は、アニメショップの店員と言われれば、ああなるほど、とうなづける部分があったし、いまいったように電器屋の兄ちゃん、と言われても、そうなんですか、としか思わないし、的屋の手伝いをしている、と言われても違和感はなかった。

ただ、飲食店、それもこんな感じの飲み屋のただひとりの店員ということは店主。と言われると、それは違うだろう、という感じの外見だったのである。

なので、まさかこの人が店の人とは思わない私が、「あの……」と、ちょっとおずおずした口調で語りかけると、若い男も、「はあ……」と要領を得ない感じで曖昧な返事をするばかりなので、やむなく、「あの、大丈夫ですか」と尋ねると、初めて何事かを了知したような顔つきになり、しかし、「ああ、大丈夫ですよ」と、まったく大丈夫でないような口調で言い、それにいたって初めて、「お好きな席にどうぞ」と言ったので、私は彼がこの店の店主であり、ただひとりの店員であることを知ったのである。

カウンターに座った私は男が持ってきた絞りで手を拭き、品書きを開きつつ、改めて店内を見渡し、ううむ、と唸った。

店内は虚無と倦怠に蝕まれていた。

要所要所にティッシュペーパーの箱、意味不明な箱、マッチ、古新聞、なにかのケースといった雑物が雑然と雑居して、店というよりは友達の家のような感じだった。

それでも友達の家なれば、それなりの親しみ易さというものがあるが、そういう親しみ易さ、くつろぐ感じは、しかし、ないのである。

第十五回
ひとり芝居

私は、犯罪を犯してお上の人に捕まって牢屋に入った人のように、入った瞬間に一刻も早く出たいと思った。

しかし、私は先ほど既に、「あの、大丈夫ですか」と、言ってたうえ、兄ちゃんの持ってきた絞りで手を拭き、品書きを見てしまっている。それを覆して出て行くためには、それなりの理由が必要で、一計を案じた私は、まず、肩をすくめ、おやっ、という表情をして左手で左の太腿を押さえた。

マナーモードに設定した携帯電話がズボンの左のポケットで振動した、という演技である。次に私はこれをけだる気に取り出し、携帯電話を耳にあて、

「あーはい。そうです。あーはい、大丈夫っす。食事をしようと思って店に入ったところで……、いえいえいえいえいえいえ、ぜんぜんぜんぜん。まだ、なんにも頼んでないんっすよ。あーもー、ぜんぜんぜんぜん、予約とかしてたんじゃなくて、ぶらっと入った店っす。はい。

はい。えええええっ？　マツオカさんがあ？　そんなことやっちゃったんすか。マジっすか。え、それってていつっすか？　さっき？　それってマジ、ヤバくないすか？　そうですよね。つか、変な話、それって、国際社会を敵に回したようなもんじゃないすか。えええええっ、それっておかしくないすか？　え？　それでこっちにいた人はそれ知ってたんすか？　知らない。そうですよねー。俺もなんにも聞いてないっすよ。じゃあ、マツオカさんが勝手にやっちゃったんですよね。ヤバいなあ、怖いなあ。もう、この国滅びますよね。とにかくすぐ行きますよ。ええ。三十分後に、え？　いまからベルリンに飛ぶ？　じゃあ、フランクフルトで合流しましょうよ。はい。じゃあ例の二百八十億の融資の件はとりあえずチャラですね。了解です。そのかわり？　赤福餅四十個ですね。わかりました。用意しときます。東京駅で買えるかなあ。まあ、最悪、名古屋まで行ってきますよ。ええ、食事ですか？　大丈夫っす。エスカ地下街の山本屋本店で味噌煮込み饂飩食べるっす。あーざーす。じゃあ、ドイツで。押忍」

と大声で一息に言った。

もちろん、電話の相手はおらず完全なひとり芝居である。しかし、そんなことを知らない兄ちゃんは呆けたような顔をしている。そりゃそうだろう、マツオカという人物の暴走によって我が国が滅亡するような事態になり、私はただちにベルリンに行かねばならず、しかもその前に赤福餅を買いに名古屋に行かなければならないのだ。匠五で飯を食っているような場合ではない。

私は兄ちゃんに、

「すみませんけど急用ができましたので。また今度、来ます」

と言って立ち上がった。兄ちゃんは、

「あ、別にいいですよ」

と無感動な感じで言った。私は不満を感じた。なんとなれば、ひとつ間違えれば日本が滅亡するような事態になっているのだ。なのにこの兄ちゃんはそのことをなんとも思っていない様子なのだ。この兄ちゃんには国を愛する心がまったくないのか。自分の商売さえうまくいけばそれでよいのか。そのくせ、ワールドカップとかになるとハッチャキになって応援するのだろう。矛盾してるじゃないですか。と思ったのである。もちろんそれは嘘だから別にいいのだけれども、もうちょっと心配・不安そうにしたらよいのに、と思ったのである。

それからもうひとつ不満というか、奇妙な感じがするのは、兄ちゃんの、「あ、別にいいですよ」という言い方で、この言い方だと私が兄ちゃんになにかお願いごとをして、それを許可して貰ったような感じになり、それはまあ実際にそうなのだけれども、そこは客商売、たとえ内心でむかついていたとしても、

「いやいやいや、まったくオッケー。大丈夫ですよ。そんなことよりベルリン出張、私たちのためにも頑張ってくださいね。これは私が祖母からもらったお守りです。これを差し上げますから身につけていってください。ううん。いいの。それからこれは……（といってカウンターの下から大きな包みを取り出し）、私の気持ちです。はい。赤福餅。少しで悪いけれどお役に立てて」

くらいのことを言ってもいいのではないか、と愚考するのである。しかし、兄ちゃんがそれを言わぬ。

それはおそらく、店内に漂う虚無と倦怠と同じ虚無と倦怠が兄ちゃんの心のなかに漂っているからで、とにかく早々に退散するに如くはない。

という訳で、私はまた携帯電話が鳴った、という演技をしてこれを耳に当て、

「えええええっ、紅芋がいまそんなことになってんすかあ？　で、会長はなんて言ってますう？　え、マジ？　じゃ、今夜中に緊急役員会開かないと駄目じゃないっすか。え、マジっすか？　マジ、やっべーっすよねぇ。じゃあ、俺、とりあえず日銀総裁に連絡とってみます。あと、一応、笑福亭福笑も呼んどいた方がいいですよねぇ。あ、すいません、いまちょっと電波が……」

と、聞こえよがしにそう言いながら左手で引き戸をひいて外に出て、直ちに電話をしまっ

た。

外はもはや暗かった。

店の正面の川に、いくつかの店のネオンが揺れて光っていた。

「これだけ店があるのに、なぜ私はご飯が食べられないのだろう」。そんな風に自分の人生を呪ったり、「ははっ。それというのも僕が甘やかされて育ったお坊ちゃんだからかな。ははっ」と、実際は貧乏人の小倅なのに金持ちのお坊ちゃんの振りをして自嘲するなどして遊びつつ、橋を渡り、渡って右側の、以前、近所に住む人に、「あのあたりは怪しい店、危ない店が多いから絶対に行っちゃ駄目ですよ」と注意されていた、縦横に走る細い露地に、間口の狭いカウンターだけのバーや居酒屋が軒を連ねているエリアの方へ歩いていった。

いっそそんなヤバい店に入って塩豆やスルメを食べ食べ、強い酒をがぶ飲みして意識を混濁させてやろうかと思ったのである。

そんなことを思うのはさほどに気持ちが荒んでいるからで、私はまた、なるべくなら女の居る店で酒を飲んでやろう、とも思っていた。

女は隣に座って自分も酒を飲み、嚙み合わぬ話をする。

そしてその女の年齢は推定六十七歳。

勘定書には法外なサービス料が加算してある。文句を言うと、バーテンダーが、俺は昔、東京でナンヤラ組の幹部だった、と言い、二の腕の筋彫りを見せびらかして凄む。

そしてその男の年齢は推定七十三歳。

私は携帯電話が鳴った演技をして、

「はい。えええええっ？　マツオカさんがまたあ？　マジっすか。じゃあ、俺、すぐ検事総長に連絡とりますよ。ええ。総理にはそちらから連絡しといてください。ええ。その後、すぐ北京に飛びます」

みたいなことを言って相手の反応を見て、さっきの兄ちゃんと同じく無反応なのを見て絶望して遊ぶ、みたいなことをしよう、と、そんなことを思うまで気持ちが荒んでいたのである。

そんな風に荒んだ気持ちで歩き、露地が、太い道、といってクルマがようようすれ違える程度の道であるが、にさしかかったとき、左から猛スピードでタクシーが突っ込んできて、私は危うくこれにぶつかるところであった。

気持ちが荒んでいた私は思わず、あなたは道路交通法というものを知っていますか。なめとったら殴打しますよ、あほさん。という意味の言葉を叫び、右手の中指を突き立て、これを相手によく見えるように、にゅう、と立てた。

そうすることによって相手が嫌な気持ちになると思ったからである。

ざまあみやがれ、あほんだら。
と、さらに悪態をつきつつ、走り去ったクルマを見送っていると、十メートルほど行って
クルマが停まり、なかから二人の男の方が降りてきた。
明らかにアウトローな感じのお二人だった。
アウトローのお二人は私の方に向かって歩いていた。なにかに対して非常な怒りを感じて
いるご様子だった。私は、いやだな、と思った。

第十六回　二人のアウトロー

気分がくさくさして破滅願望、わざと、地元の人に、ヤバいからいくな、と止められていた、小さな店が密集する暗いエリアに入りごんで、無謀な運転をするタクシーに中指を突き立てるなどして抗議の姿勢を示したところ、タクシーから見るからにアウトローという感じの二人の男が出てきて、こちらに近づいてきた。

しかし、同じアウトローと言いながら、二人はそれぞれ感じが違っていた。

一人は若い大男、いま一人は初老の小男だったのだが、大男は文化系のアウトローというか、明るい色の上着を着て、ジーンズ姿、髪の毛も長髪で、暴力的な気配は比較的薄く、敵対する組織の構成員を刺す、とか、債権回収で追い込みをかける、というよりは、自ら脚本・監督を務めて制作した気色のよいＤＶＤを販売する、みたいな感じだった。

それに比して、初老の小男は、肩のところが無闇に突っ張らかったダブルのスーツ姿で、真っ白い先端の尖った靴を履くなどして、クンクンした感じ、髪の毛もリーゼントで、全体に、過ぐる年に亡くなった、漫才の横山やすしのような、或いは、往年の日活映画に出てくる、クラシックな無法者のような雰囲気であった。

　誰かに非常な怒りを感じているご様子なのは、この初老の男の方で、その誰かとはどうやら自分であるらしかった。いやだった。

　いやだったが、怒っている以上はこれに対処しなければならない。そこで、初老のアウトローはいったいなにに関して怒っているのだろうと、その主張に耳を傾けると、初老のアウトローは自分が無謀な運転をするタクシーに抗議の姿勢を示したことに憤っているようだった。

　初老のアウトローは自分にクンクンに顔を近づけ、

「なんだ、てめぇは。てめぇは、俺に文句あんのか？　てめぇはなんだ？　なんだてめぇは？」

　と威嚇的な態度で言った。

　にもかかわらず、あまり恐怖を感じなかったのは、男の態度や言葉遣いが、いかにもな感じで、臭い芝居のようで、ちょっと笑える感じだったからである。

　しかもそうして誇張されて演技的であるのにもかかわらず、男が心の底から憤っているのもおかしかった。

しかもその怒りは土台の根本の基礎から間違った怒りで、初老のアウトローは頻りに、「俺に文句があるのか？」と憤るが、自分は、横断歩道上で歩行者を轢き殺しそうな、無謀な運転をするタクシードライバーに文句があったのであってその初老のアウトローにはまったくなんの文句もなかったのである。

ならば自分は、ウケルー、と言って笑っただろうか。笑っていなかった。というか、逆に腹を立てていた。怒っていた。

なにに怒っていたかと言うと、その男が怒っていることに怒っていた。状況をちゃんと把握しないまま勝手に憤怒して乱暴な言葉遣いで食って掛かられて腹が立ったのだ。

そこで自分はまず男に、自らが見当違いなことで怒っている、ということをわからせようとして、

「おまえに文句がある訳ではない。自分はタクシーがあまりにも無謀な運転をするからそれに対して文句を言ったのだ」

という意味のことを言った。

しかし、妙なことになってしまったのは、その時点で自分はそいつに怒っていたため、おまえに文句がある訳ではない、すなわち、おまえに怒っているのではない、という意味のこ

とを、かなり怒った感じで言ってしまったという点で、相手から見れば、怒っていないと言いながら怒っているではないか、みたいになってしまったのである。

それでも或いは相手が、怒っていないと言いながら怒っているではないか、と指摘すれば、

「いや、そうではなく、それはおまえが勝手に勘違いをして怒って食って掛かってきたことに対して怒っているのであって、おまえが最初に怒った段階では自分はおまえには怒ってなかった。俺はあくまでもタクシードライバーに怒っていたのだ」

と説明することができるが、なにしろ相手は、ちょっとでも違和感を感じれば、「なんじゃ、こらー」と言いながら嚙みかかってくる狂犬のような男であり、そうした理解は望むべくもなく、自分の言った言葉の意味内容を汲み取ろうとはせず、ただ、怒っている感じだけを過敏に察知して、

「なんだこら、てめぇ。やるのか、こら。俺とやるのか、おまえ。おまえ、なんだ？　なんだ、おまえは」

と言い、肩をクリクリ揺すぶりながら、眉間に皺を寄せ、変な風に目を剝いて斜め下から顔をグングンに近づけてくるのである。

自分はますます腹を立て、

「だから、おまえに言ってるんじゃないつってるだろう、章魚（たこ）。俺はタクシーにムカついて

ただけなんだよ。なんでそれがわからんのんじゃ、どアホっ。しばくぞ、こらあ」

と、それでもそれまでは、普通の、電器屋のおっちゃんとかが怒った感じ、くらいで怒っていたのが、半端者ではあるけれども一応、アウトローで、二の腕に筋彫りがあるおっちゃんが怒った感じで怒ったら、相手はいよよ激昂し、

「なんだ、おまえ、本当に俺とやるのかこら」

と言って胸倉をつかんできたので、

「なにしとんじゃ、あほんだら。離さんかい、こら」

と、言ってアウトローを小突いたら、アウトローは、「なんだ、おまえ、なんだ」とか、言いながら、また、胸倉をつかんできた。

このままではきりがないし、そもそもくさくさしていたところへさして、そんなことをされてますますむかついたので、ちょっとだけ殴ろうかな、と思い、

「じゃかましいんじゃ、ぼけっ」

と言って拳を固めた、その瞬間、これまで成り行きを見守っていた文化系のアウトローが、さすがは文化系のアウトローで、暴力的なことが嫌いらしく、「まあ、まあ、まあ、まあ。やめとけ、やめとけ」と言って間に割って入った。

しかもこういう場合、自分の連れではなく、相手方を止めるのが普通なのに、この文化系

のアウトローは、こっちではなく、むこうの手をつかんでやめさせようとしているのであり、つまりどういうことかというと、この文化系のアウトローは、文化系だけあって文字よりのアウトローで、話の前後関係から、自分の連れの初老のアウトローの怒りが見当違いの怒りであることを知り、自らの連れをたしなめようとしているのだ。

だったらこっちもそれ以上、怒ることはないが、しかし、肝心の初老のアウトローが駄目で、そうして連れの文化系のアウトローが、まあまあ、言ってなだめているのにもかかわらず、なおも激昂、文化系のアウトローの手をかいくぐるようにして、摑み掛かってくるし、こっちも大声を出してしまった以上、突然、大人しくなるのもなんなので、ちょっとだけ、もみ合う感じにしてフェイドアウトしようというので、初老のアウトローに唾を吐きかけ、「ええ加減にせんと埋めるど、どあほっ」と言い、それから話の分かりそうな文化系のアウトローに向かって、「なんなんだよ？　こいつ。ちゃんと檻にいれとけよ」と言ったところ、文化系のアウトローが、静かな口調で、「ああ？」と言った。

「だからよ、こんな○○○中の○○○○を放し飼いにすんな、つってんだよ」

そう言った瞬間、文化系のアウトローの顔面が蒼白になり、そして目が充血して真っ赤になった。

しまった。こいつのほうがより○○○○だった。

そう悟って、逃げ出したが遅かった。後頭部に猿が爆発したような衝撃を感じ、その場に倒れ込んで、後は殴る蹴る、海老のように縮こまって、頭を抱え込み、いつ終わるとも知れない猿の爆発に耐えるうち、意識を失った。

気がついたときは、どうやってここまで歩いてきたのだろう、或いは、ここまで運んでこられたのだろうか、殴られた場所から五十メートルほど離れた海辺にいた。

ちょうど朝日が昇ってきていて、あたりが金色に輝いていた。

ゴミクズのような自分もきっと金色に輝いているのだ。

そう思うと前途に希望が持てるような気持ちになる、と思おうと思ったが思えなかった。

ただ、全身が痛かった。

でも、立てるかどうかだけ試してみよう、と思って試してみたら立てたので、よかったなあ、と思おうと思ったが、財布がなくなっている事に気がついたので、それも思えなかった。

でもジーンズのポケットを探ると小銭が三百円くらいあったので、よかったなあ、と思おうと思ったがやはり思えなかった。

通りの向こうのコンビニエンスストアーによろめきながら入り、不気味がっている店員から、うまい棒、という名前の棒を買い、店の前で食べた。

うまかったので、よかったなあ、と思おうと思ったら思えたのでよかったと思いつつ、金色に輝く私は金色に輝く町をバス停の方へ歩いていった。
私は、素敵だなあ、と何度も何度も呟いていた。

第十七回
無であり空である

素敵な生活を送ろうと思って始めた自宅のリフォーム、改修工事が終わらない。なのでキッチンが使えない。なので腹が減ったらどこかへ食べに行くより他ない。

なんて強迫的に考えるのはどつき回されたからではなく、自分は基本的に外食嫌いであるからかもしれない。

なぜかというと、外食は面倒くさいからである。なにが面倒くさいかというと先ず、出掛けるまでが面倒くさい。

というのは、家にいるとき自分は非常にしどけないというか汚らしいというか、服か若布(わかめ)かわからないようなものを身に纏い、髪の毛はぐしゃぐしゃ、髭は伸び放題、全身垢染みて、真っ黒な顔のなかで目の玉だけがギョロギョロ光っているという体たらくで、また、仕事柄、頭の中で絶えずとんでもないこと、突飛なことを考えており、考えるだけならよいが、ときおり、それが頭から溢れ、結果、口から駄々漏れて、意味不明の文言や奇声、うわ言を発したり、突然、いひひひひひっ、と笑い出すこともあり、このまま出掛けたら入店をお断りされるどころか、ただ往来を歩いているだけで、○○○または○○○○と思われて通報され所持品を検査されたり連れていかれて尿検査をされるおそれがある。

僕は別に○○○○でもないし、○○○○でもなく、なんのやましいこともないので尿検査でもなんでもしてもらって構わない、なんだったら血糖値や血圧を測ってもらってもよいが、しかし出掛ける度にそんなことをしていては時間の無駄だし、第一、腹が減り、なにか食べようと思って出たのに、そんなことをしていたらいつまで経っても食事にありつけず、餓えに苦しむ、ということになってしまう。

そこで、それを防止するために、顔を洗って髭を剃り、髪を梳（くしけず）って小マシな衣服に着替え、磨いた靴を履いて小股でちょらちょら出掛けなければならず、それを思うと大儀でならない。

さらに面倒くさいのは、数多（あまた）ある飲食店のなかから一軒を選ぶのが面倒くさい。格式の高い店だと、こちらが貧乏なのを見抜き、窓際の広々した席が空いているのに、便所と倉庫の扉に挟まれた片隅の狭い席に通されたり、下手をすると入れてもらえなかったりする。それよりなにより価格がバカ高い。かといってボロい小店を選ぶと、店の人が、きわめて横柄だったり、怠惰だったり、人格障害だったりする場合も多く、また、味もまずいというか、腐ってはいないまでも、ネタケースのなかにハエが入っていたりする。

なんで、ちょうどいい感じの中っくらいの店を選んで入らなければ、〇〇〇中の〇〇〇〇の人に殴られて所持金もとられ、ゴミ捨て場に捨てられる。

なんて考えるだけで面倒くさいのだけれども、面倒くさいからと言ってこれを忌避する訳にはいかぬのは、そんなことを言っているのは俺だけで、普通の人はそんなことを毎日のようにあたりまえにやっているからだ。

五十年近く生きてきて私の人生が失敗だった、ということが次第にわかってきた。

そして、十年くらい前までは、まだ、この先にポイントをあげて、成功することがまったくないと断言することはできない、程度の希望を持つことができたが、次第に先が見えてきて、この先、成功することはまずない、ということがわかった。

ただ、これ以上、失敗することを防止することはできる。そしてそのためには経験に学ぶ必要がある。なぜ、僕は失敗を重ねてきたのか、について考える必要があるが、それは、私が人があたりまえにしていることをしてこなかったからである。

同級生がみんなやっている受験勉強というのをしなかった。大抵の世間の人が行っている会社というところには、この年になるまで一度も行かなかった。

その挙げ句、パンクロッカーの群れに身を投じるのだけれども、そこでさえ他の人と同じような、わかりやすい反逆・反抗の身振りをとることができず、パンクロッカー仲間をはぶかれた。

　少し前にそのことに気がついた俺は反省して、少しずつ人のすることを自分もするように心がけ、勿論、会社に行く、とか、サッカーに狂熱する、といったことはまだできないでいるが、正月に餅を食う、夏になったら海に行く、とりあえずビールを頼む、くらいのことは少しずつだができるようになった。

　素敵な生活を送ろうと決意する、というのも言わばその一環かもしれない。

　ただ、もっとも基本的な、食べる、ということについて他の人と同じようにできないのではどうしようもない。そこを等閑(なおざり)にしては、失敗を防止どころか、さらに失敗を重ね、愚行に愚行を重ねて、侮蔑と嘲笑を一身に浴びて、誰にも看取られずに窮死するので、なんぼう面倒くさくとも、そこだけはきっちり押さえておかなければならない。

　そこで僕は、あー、メンドくせ。と、六十回くらい言いながら小マシな服に着替え、髭を剃り、髪を梳(と)かし、歯を磨き、靴を履いて家を出た。

　行く先は、ほぼ決めてあった。

　それは、山中を隣町まで貫く道路沿いにある、なみき、という店で、実は以前から気になっていた店である。

　なにが気になっていたかというと、この店が謎めいたベールに包まれていたからで、山中の道路沿いにあるこの店は、そうして山中にあるのにもかかわらず、店の前の広い駐車場には常に複数台の車が停車しており、なかなかに繁昌しているようで、ことによると非常に好い店なのではないか、と思わしむる独特のオーラを発していたからである。

といって外観が洒落ている訳ではない。どちらかというと渋いレトロな感じである。というと、ちょっと違うかな、レトロな感じ、というよりは、どちらかというと、ただ単に古い感じである。

駐車場がきわめて広いため、道路からかなり隔たって、ぽつんとした感じで、空を背負って建つ店は黙然とした印象である。

赤いスレート葺き屋根の平屋建ち、深い軒の正面の、幕板のようなモルタルの壁面に、正方形の行灯照明がみっつ取り付けてあり、平仮名で、な、み、き、と描いてある。

間口は四間で、うち真ん中の二間にアルミサッシの引き戸が嵌めてあってここが入り口である。ただし、その真ん中に柱があって、また、左右に戸袋もないため、全開放することはできない。

左側に紋を染め抜いた暖簾がかかっていることから、こちらが主たる出入り口であることが知れる。

引き戸の右側には、やはりアルミサッシの腰高窓があり、左側には窓はなく、赤字で営業中、と大書した高さ130センチほどの金属の看板、さらには、右上に定食、右下にそば、左上にうどん、左下にラーメン、左に独立してコーヒー、と、できますものを羅列した、営業中、よりひとまわり大きい看板がある。

定食は長四角の短冊様の黄色の地に赤字で、そばとうどんは青地に黒字で、ラーメンは赤地に白抜きで、それぞれ描いてあるのは、往来の者により目立つための配慮であろう。コーヒー、の上には、コーヒー茶碗のシルエットが描いてある。

制作者の人柄がこんなところにも偲ばれるのだろうか。わからない。

その奥に、一段奥まって壁面と、やはり赤いスレート葺きの屋根が見え、店の奥がさらに広いことが知れる。

右の壁面には飲料の自動販売機、左の壁面には、営業中、という文字を白く染め抜いた真紅の幟がはためいている。

広い駐車場のアスファルトはひび割れ、波打っている。

このあたりは雨の多い地域で、よく霧も立ちこめる。だからであろうか、飲料の自動販売機と営業中の幟をのぞいて、すべての色彩がくすんだように褪色し、灰をまぶしたようにみえた。

という店の佇まいから、人はどのような印象を受けるだろうか。

昔はよかったかも知らんがいまはすっかり寂れてしまい、改装する費用も捻出できない、いけてない観光地でもなければリゾート地でもない山中の半端な特徴のない店、という印象を持つのではないだろうか。

ところが実際にその前に行ってみると違うのだ。

そんな終わったような感じはまったくしないし、そんな風であるのにもかかわらず、現役感がばりばりなうえ、なにか抗いがたい磁力というか、胸騒ぎがするような妖しい魅力というか、そんなものを僕はこの、なみき、に感じる、感じてしまうのだ。

だから僕は、このなみき、にいつかは入ってみたいと思っていた。

ところが、僕はいつも、なみき、の前を素通りしてしまっていた。

なぜか。告白すればその勇気がなかったからだ。

というと人は俺を小心者と詰るだろうか。

では、僕はその人に言いたい。「一度、なみき、の前まで行ってみ給え」と。

僕は右に、なみき、は黙然としている、と言った。

そう。なみきは、黙然として立っている。僕らになにも語りかけてこない。凡百のレストラン、カフェ、バーが、寡黙を装いながらも、その外観が道行く人に饒舌に語りかけているのとまったく様子が違っている。

悟り。無。空。

そんな、雰囲気すら、なみき、は漂わせており、カジュアルな感じで入店できない感じがあるのだ。それは、取り澄ましたボイに、慇懃無礼に断られる、とかそういったことではなく、存在の根源の部分を粉々に粉砕され、箒と塵取で掃除されて、下水に流されて暗黒の宇宙を粉塵となって漂う、といったようなことになってしまうのではないか、みたいな、存在の恐怖である。

自分が存在しない恐怖、なみきが存在する恐怖。その二つがエビ固めのようになって絶えず反転しながらエビフライとなってテーブル上にライス、みそ汁、新香とともにエビフライ定食として存在するも、客に食われて空無となっていくみたいな恐怖。

というと、なみき、がなにか枯淡というか、枯れた侘び寂びみたいな路線の店のように理解して、そういうの俺、ぜんぜんなんとも思わないんだわ。悪いけど。みたいな軽いニーチャンやネーチャンが出てくると思われるが、そういう輩はどうかご自宅で地味にチャーハンでも食べていてもらいたいものだ。

いま言ったこととまったく逆のものもまた、僕は、なみき、に感じていた。

というのは、空ということは、なにもない、ということで、これを突き詰めると、ない、ということも、ない、となって、反対に言うとそこにはあらゆる物が横溢しているということとにもなる。

つまり、あのひっそりした、なみき、の店内では僕なんかが想像もつかないこと、常識的にはちょっと考えられないようなこと。例えば、サバトとか、そういう類いのことが行われている、ということがあるかもしれない、と漠然、と思っていたのだ。

その、なみき、に僕はいま、いよいよ、行こうとしている。

もしかしたらこれは凄いことかも。

そう思って何気なく鼻の穴に指を突き込むと、鼻毛があったので抜くと、無茶苦茶に長い鼻毛が抜けた。

吉兆。という言の葉が脳裏に浮かび、僕は奮い立った。

第十八回
不可能を可能にする店

いよいよ、なみき、に入る。そう思うと胸が高鳴った。なにしろ、長年、憧れ続けてきた店だ。その店に、いよいよ、私は入るのだ。それってすごいことですよねー。と、私は誰かに言いたかった。だけれども、だけんども、私の側にはだーれもおらない。だから黙って引き戸を開けた。からからから。私は孤独な男なのだろうか。

そしてついに私は、なみき、に入った。以下に店内の様子をリポートしよう。

結論から言うと恐れていたようなことはなにもなく、素晴らしい店だった。

コンクリートの素材感をそのまま生かしたフロアーに踏み込んでまず目に飛び込んでくるのは雄大な山の景色、かと思ったらそうでもなかったのは、正面に三畳ほどの一段高くなったフロアーがあるからで、このフロアーには靴を脱いであがる。勿論、茶湯から発想を得たしつらいである。

さらにその左手には六畳くらいの、同じくフロアーもあって、少人数でのパーティーなどに向いている。このフロアーにはシルバーのアルミサッシの窓があり、茶湯を意識して小さめながら、フロアーからは山の眺望が楽しめる。富士山を眺めながらの食事。考えただけでも勤労意欲が減退する。なんでか知らんけれども。

一方、入ってすぐのフロアー部分に目を転じると、まず目に飛び込んでくるのは八人がけの巨大なテーブルである。その巨大なテーブルが無造作にふたつ並べて置かれている。そして、左手の、六畳のフロアーが張り出した部分には、四人がけのテーブルがある。

プラスチックとスチールの素材感を生かしたモダーンなスタイルのテーブルで、表面には赤っぽい、化粧プリント加工がなされている。

チェアも同じく、モダーンでルーナティックな感じで、スチールとビニールの素材感が生かされている。ただし、それらは使い込まれ、風格・風合いのようなものも備えていて、現代的な意匠をもつものにそうしたものを与えつつ使っているところにオーナーの歴史観・伝統観がうかがえる。

壁には、山の景色を描いた絵画が飾られている。凡庸さをつきつめていけば非凡になる、といった単純な発想を嘲笑うかのような凡庸さ、どこまでいっても凡庸なものは凡庸なのだ、という悟り済ましたような、諦念・諦観の果てにあるような、まったくみるべきところのない絵画。そこにかえって、奥ゆかしさと言うか、この店の底知れぬ品格、ではいい足りない、激しい品格。もはや、狂気の域に達しているような品格、を感じるのは私だけではないはずだ。私はいっそ泥酔したいような気持ちになった。

　四人がけのテーブルの反対側、すなわち、入って右側がセミオープンのキッチンとなっていて、客席側に横長の大きなフレームがあり、その下には、カウンターがあり、左端に、金銭登録機、いわゆるところの、キャッシュ・レジスターが設置してあり、これは実際に使用されており、三畳のフロアーの側の八人がけのテーブルに座った客は、金銭登録機のたてる、チーン、という開閉音を頭上に聴きながら、食事をすることになる。これを不粋・興ざめ、と考えるか、なかなか洒落た試みじゃないか、と思うかによって客のセンスが問われる。なみき、は私たちにただ奉仕するだけではなく、私たちに問いかけてくる。「おまえにとって食とはなんだ」「金銭とはなにか」「消費とは」「なぜ生きている」「仏とはなにか」「宇宙とはなにか」そんなことを問いかけてくるのだ。そんなことを考えていると、金銭登録機の開閉音がいつの間にか、どうどうと落ちる滝の音、苔むした庭に響く鹿威し（ししおど）の音、宇宙に充ちるオーム音のように聴こえてくる。

　そしてその金銭登録機の右手には、シクラメンやバラといった植物が飾られ、さらにその先は小ぶりのライブラリ空間になっており、週刊現代、週刊大衆、週刊ポスト、ビッグコミックオリジナルといった書籍が収蔵されている。

金銭登録機と花と書籍。禅機・禅味或いは頓智の溢れた配列である。いままでの報告で（私が最初に思ったように）、格式の高い店ではないのか。見識を問われる店なのではないのか、とつい敬遠する人が出てくるのではないか、と思う人が出てくるかも知れない。

しかし、それは誤解だ。なみき、の基本コンセプトは、癒しのくつろぎ空間、である。というと、人はなにを連想するだろうか。座り心地のよい椅子だろうか。痒いところに手が届くような、いきとどいたサービスだろうか。耳ざわりのよいＢＧＭだろうか。

申し訳ないが、なみき、にそうしたものは一切ない。というか、そうした、人工的な、くつろぎ空間、で人は本当に寛ぐことができるだろうか。ああ、寛ぎたい、と思って、くつろぎ空間に行き、さあ、寛ぐぞ、と意気込んで人は寛ぐだろうか。私は寛がないと思う。

寛ぎとは、そんな風に狙ってやるものではなく、例えば、なにも用事のない午後、自宅の寝椅子に横たわり、ふと外の景色に目をやり、木々のたてる音を聞き、吹き込む風が頰を撫でるのを感じたとき、両の手を天井に伸ばして、あああっ、寛ぐなー、みたいな感じで思わず感じるものではないだろうか、と思うのだ。

というわけで、では、なみき、はどんなくつろぎ空間を演出しているのだろうか。狙わない、といったって、一応、店舗である。なにも狙わないで狙う、なんて不可能じゃないのか。

しかし、なみき、はその不可能を可能にしていた。

本当に狙っていないように見えるのだ。

壁には、平堀電気工業という社名の入ったカレンダー、千客万来、の掛け軸、白い四角い電気時計、飲食組合の組合員證、ＪＲ東日本のカレンダーなどが無造作かつ無秩序に掛けられ、また、貼られている。店内には銘木が飾られている。バックグラウンドミュージックとして流れるのは、「すみだ川」のインストゥルメンタルバージョン、とまったく気負ったところがなにもない。

これはなにを意味するのか。そう。実家だ。帰省して実家に居て、なにもすることがなく、読むような本もなく、聴きたい音楽もなく、ただ、ぼんやりして新聞の折り込み広告を眺めているときのような、そんな、くつろぎ感覚なのだ。

実家のようなくつろぎ空間。これが、なみき、の裏コンセプトなのである。しかし、それを声高に主張する訳でもなく、恰（あたか）も自然とそんな感じになってしまったかのようにしているところに、なみき、の素晴らしさはある。また、客の方もそれを心得ていて、ことさら、実家、実家、と騒ぐ人もいない。

しかし、これもまた変わっていくのかも知れない。なぜなら社会の変化に伴い、実家の様子もまた変わっていくからで、そうなれば、なみき、もまた、新たな進化を遂げるのだろう。

それはそれで楽しみなことだ。情報化社会というのはまるでつくねの中に天現寺交差点が丸ごと入ってしまったような社会だ。もっというと、広尾そのものが巨大な温野菜になってしまったようなものか。俺はいま自分でなにを言っているかわからなくなっているし、自分すら見失っているが、それすら情報化社会の賜物なのだろう。ブレードランナーや未来世紀ブラジルをみて感心していた時代が懐かしい。

なんてことはどうでもよい。

なみき、に戻ろう。

といったようなことを前提にして、私はいよいよ、なみき、のメニューについて紹介しなければならない。それについては、なみき、のすべてのメニューとはいわぬが主要なメニューを一通り味わってみる必要があるが、申し訳ないが、それはできない。

なぜなら、家のリフォームに莫大なお金がかかったため、手元資金に余裕がないためだ。それに、雑誌の取材とかいって最初から断っていれば、そういうことをしても怪しまれないが、ひとりでそれをしたら、不審がられる、というか、下手をしたら、無銭飲食を企図しているのではないか、と思われるかも知れないからである。

じゃあ、どうするのだ。リポートできないではないか、ということになるが大丈夫だ。私は独自の技法を開発してその問題を解決した。

どうしたかというと、他の人が頼んだ料理を横から覗き込んで、その内容を確認するのだ。もちろん、あんまりじろじろみると、「なにみとんじゃ、ぼけ」と怒られる、下手をすると殴られる可能性もあるので注意が肝要なのだが、しかし好都合なことに、実家のようなくつろぎ感覚、が基本コンセプトの、なみき、のメインのテーブルは八人がけで相席が基本になっている。

きわめて好都合なのだ。私は、実家的なくつろぎ感を損なわないよう注意しながら、リポートを続けることにする。

第十九回　定食——日本人のひとつの達成

　さてそして、隣の人の注文品を窃視しながら、なみきのメニューを紹介していくのだが、それにつけても、なみき、が実に良い店だなあ、と思うのは定食というものが用意されている点だ。定食。どういうことかというと、例えば、牛肉を火で燃やしたものを、店員にそう言ったとする。

　そうすると後でお金をもらいたいという下心があるから、店員は言われた通りそれを持ってくる。

　それはそれで可憐でいじらしいが、しかし、牛肉を火で燃やしたものは、お菜である。となると心のなかに御飯もほしい、という気持ちがムラムラとわき上がってくる。

　それで御飯を頼むと、こんだ、味噌汁が欲しい、という気持ちがメラメラと燃え上がってくる。

　そこで味噌汁を頼むと、こんだ、お漬物を欲する精神が心の奥の割れ目からちょろちょろと洩れ出してくる。

　きりがない。

　ところが定食というのは、予めそうしたものがすべてセットになって出てくるのだ。というと、ほっほへん、ご親切にどうね。ほっほへん、でもその分、お高いんでしょ。私は貧乏なラスタマンなんでね、そんな高いものは食べられませんわ。ほっほへん。と、奇妙な間投詞を交えて言う人があるかと思うが、おどろくなかれ、この定食というのは逆に割安なのだ。

　実例を示そう。

　例えば、ライス、というのは、白米に水を加えて加熱したもの、つまり右に言った御飯のことだが、これが三百円だったとする。そして、味噌汁が二百円、漬物が百五十円、牛肉の燃やしが五百円だったとすると、これをバラバラに誂えると、千百五十円になる。

　ところが、これを牛肉の燃やしの定食料理、として注文すると、大抵が、八百五十円くらいになるのだ。なんでだ、悪質の肉を使用しているのか。それとも分量を少なく盛っているのか、と疑いたくもなるが、なみき、そんな悪魔に頭脳を支配されたようなことはけっしてしない。

　ではなんなのか。

　それは、そこにあるのは、みんなに、真においしい料理を食べてもらいたい、というその心だけである。そのために、なみき、は文字通り血の滲むような経営努力をしているのだ。実際に手首や太腿から血を垂らすなどしているのだ。

それは間違えて包丁で切っただけかも知れない。しかし、そこまでやっているというその、努力をみんなは心のなかの平たい部分でわかってほしい。スタッフはそこまで自分を追い込んでいるのだ。

とまれ、定食というのはそういうもので、つまり、普通に頼むより定食で頼んだ方が安上がりなのである。

というと、「それってマクドナルド半バーガー店のセットと似てんじゃね?」という人があるやも知れない。それに対して私は半ばはイエス、半ばはノー、と答える。それはまあ、確かに副菜と汁が付属するという意味においては似ている。同じものということだってできる。しかし、マクドナルド半バーガー店のセットは、まあ、それはいろいろ種類もあるのだろうが、しょせんは、半バーガーとパレーローとカフィーの、ほっほへん、組み合わせに過ぎない。

そこへくると、なみき、の定食は違う。どこが違うって、その種類が圧倒的に違う。マクドナルド半バーガー店は結局、ぜんぶ半バーガーといえば半バーガーだ。一種類だ。一色だ。ところが、おまえ、なみき、ときたら、牛の肉を火で燃やしたものがあるかと思えば、豚の肉と生姜を火で燃やしたものもある。

と、聞いて、「ほっほへん、しょせんは畜肉専門店かよ？　マクドナルド半バーガー店には、白身魚肉を多量のオイルで燃やしたものをパンにはさんだ料理もあるよ、これを称してフィレオフィッシュってんだ。そんなんが、なみき、にあんのかい」と言いたいであろう、マクドナルド半バーガー店の狂熱的なファンの方に申し上げる。

ある。ちゃーんとある。焼き魚といって、魚肉をガス火で燃やしたものがある。おっと、云ふな、多量のオイルで燃やしたものもある。さらには、調味液に沈めて加熱したものもある。もっというと、生のまま薄く切って、黒下味を塗布して食べる料理もある。通はこれを、刺身、と呼ぶ。造り、と呼ぶ人もある。だからこれを刺身定食、っていうんだよ。調理法もそのように多彩なら、その原料となる魚そのものも多彩で、マクドナルド半バーガー店のように白身魚肉一本ということはない。

鰺、という魚類がある。鯖、という魚類がある。秋刀魚、という魚類がある。海老、という、これは魚類ではなく甲殻類だがそれもある。牡蠣という貝もある。これはボロボロになったパンやすりつぶした草の実や破壊した鳥の卵をべちょべちょになすりつけて多量のオイルで燃やすことが多いようだ。美味なものだよ。それもある。

それだけでも、くらくらするくらい豊饒、と思うだろう。それらが全部、定食になるってんだから、もう、なにを選んだらいいのかわからない。と思うだろう。

ところが、なみき、はそんな甘くない。それ以外にもまだまだ定食がある。

全部、言ってるときりがないから代表格だけ、教えてあげようか。

コロッケ定食、ってのがある。これはあんた、ずたずたに引き裂いた牛の筋肉と完膚なきまでに押し潰した草の肥大した根っこと切り刻んだ臭い草の球根をぐしゃぐしゃに混ぜ合わせ、すりつぶした草の実と破壊した鳥の卵とボロボロのパンをべちょべちょになすりつけ、多量のオイルで燃やしたものである。

というと、草の根だけでも二種類も使っているのかっ。なんて手のこんだ料理なんだ。オーマイガッ。そんな手のこんだ料理だったらいくら、なみき、がリーズナブルといっても、それにスープとピクルスと御飯もつく訳だから、やっぱし、一皿、二千八百円くらいは普通にするんだろうな、と思うだろう。

ところが、なみき、は凄い。びっくりせんといてくださいね。この、手のこんだコロッケ定食が、なんと、たった六百円で味わえるのである。

いま、私にははっきりと聴こえる。なにがって決まっているじゃないか。群衆のどよめき。そしてそれに続く歓喜・歓呼の声だ。

これは、戦後、焼け野原から立ち上がり、営々と繁栄を築いてきた日本。高度成長を経て、バブル、世紀末、長い停滞期、ゼロ年代から十年代、そんな時代を生きてきた我々が、我々日本人が、我々日本人の魂が体験する奇跡だ。

と、同時に、我々、日本人のひとつの達成でもある。

そんな凄いことが、一尺にも満たぬ白い皿のうえに展開している。それが、なみき、なんだということを多くの人に私は知ってもらいたい。

すまぬ。つい昂奮してしまった。少し、冷静になろう。と、思いつつ、でも冷静になる必要があるのかな、とも思う。自分の魂が震えていることを、感動を恥じる必要はどこにもない。

私はこのままのテンションで語る。それで腸カタルになって倒れたって構わない。そんなものは病院に行けば三日で治る。

それよりなにより続きだ、続き。なみき、の定食の続きだ。そう、そんなコロッケ定食だけでぶっ倒れてはいられない。私には語る義務がある。逆に。

逆にってなんだ?

まあ、いい。じゃあ言おう。

なみき、にはもっと手のこんだ定食料理がゴマンとある。どんなことかというと、例えば、すりつぶした草の種と水を手で揉んだものを平板な感じにしたもののうえに、ずたずたに引き裂いた豚の筋肉、切り刻んだ臭い草の茎、同じく切り刻んだ草の葉などを乗せ、これを折り曲げ、冊端部に微細な波状の文様を拵え、それをオイルを流し込んだ鉄の板のうえで抑圧しながら燃やした料理がある。なみき、ではこれを餃子と呼んでいる。

これを定食料理にしつらえた、餃子定食、というのが、もう人間としての終末を迎えるみたいな、六百五十円、という値段で提供されている。

ここまでいったらもう価格の終着駅、としかいいようがなく、私は寡黙になってしまう。軽く鬱になる感じすらある。

でも、もうひとつだけ定食の紹介をしようか。いろいろあってなにを紹介するか迷うが、そうだな、じゃあ、もう最強凄いのを紹介しようか。これはもう凄い。豚の筋肉を切り刻んで多量の油で猛烈に燃やしたうえ、こんだもう一度、臭い球根とかと同時に心が燃えるまで燃やす。これに穀物をサワーな感じにした液体をドシャメシャに入れたり、海水を煮詰めてできた粉を混入したり、刺激臭のする草の種を砕いた物質を散布したりし、最後に摩訶不思議なパウダーと水分を混ぜ合わせたものを安らかに注入することによって表面をゲル状に固める、というもはや魔術としかいいようのない、っていうか、はっきり言って魔術そのもの、みたいな、なみき、では酢豚、というファンタスティックな名前で呼んでいる料理。これを定食料理に盛り込んだ酢豚定食がなんと、おまえ、九百五十円なんだよ。

自分の目玉をえぐり出して、道端に棄てたいような、他人の耳を切り裂いて玄関にそっと置いておきたいような、友人の足が豚足だったのを知ったような、そんな気分になったことでしょう。

と言いつつ、私は隣の人の料理を盗み見る。

第二十回
素晴らしきアート

さて、いよいよ隣のニット帽をかむったおっさんが頼んだ料理メニューを紹介していくことにいたそう。このおっさんが誂えたのは、もちろん、なみき、の自信作、定食料理である。では、このおっさんちゃんは、数ある定食のなかから、何定食をセレクトしたのか、というと、それは焼肉定食であるらしかった。

焼肉定食。名前からして活力に溢れた、口にしただけで筋肉の奥底からファイトというものが生まれてくるような、凄みのある印象のある定食である。それでいて、どことなく爽やかというか、じゅんさいな感じのまったくない、男らしさ、女らしさ、その中間的な性らしさ、というものが突風のように吹いてきて、世の中の閉塞感を吹き飛ばすような、そんな説得力がある。

こういうものをセレクトするオヤジというのは侮れない。ただの田舎爺だと思って油断していると、権中納言といったような高位・高官の人であったりする可能性もゼロではない。

それはまあ仕方ないとして、とにかく料理の紹介をしよう。

焼肉定食。殆どの人が、焼肉、というと、カルビ、タン塩、ロース、といったようなものを想起するだろう。しかし、おちょくっていてはいけない、ここは、なみき、という秘境のような名店である。そんなありきたりなものをお客にサーブするような、馬鹿なことは、なみきはしない。なみき、のオーナーはそんな馬鹿ではない。

では、なみきの焼肉定食はどんな具合なのか、ということが俄然、気になってくるだろう。申し上げる。

皿は径八寸、純白の西洋丸皿で、どこにでもある、ありふれた皿である。こんなところにも店主の心意気が感じられる、つまり、名器・名物を用いるのではなく、あえて、あたりまえのものを使うことによって、日本人の美しい心である、謙遜・謙譲の美徳を表しているのである。そのことがゲストの心を癒す。ゲスト即ち下司人なり。というのは店主の名言なのかもしれない。

その皿に乗っているのは、豚という生物を殺害してその死体から切り取った筋肉を燃やしながら、塩化ナトリウムとインドやなんかでとれる植物の実を粉砕したものをふりかけ、最後の方で、垂れ、という、大豆を変幻させて拵えた液体（プロはおしょうゆ、と呼ぶ）を基軸に、そこにいろんな草の実の粉砕物や木の実の圧搾物を混入した、それを燃えた筋肉に附着させると奇蹟のように美味になる汁を混ぜ入れたもので、これすなわち、なみき、の焼肉である。

色はブラウンで、垂れ、が表面上をコーティングしているのでツヤツヤ輝いていて、その眩しい輝きを見ていると、自分が桃源郷に遊ぶ仙人になったような気分になる人もなかにはあるのかもしれないのか。

そのブラウンの輝く、焼肉、の隣にはもうひとつの物質が盛り込んである。それは、生長するにつれ葉が玉状にクルルンとなる緑色の植物で、多くの国民がこれを、キャベツ、と呼んでいる。そのキャベツを木製ボードのうえに固定し、刃で、糸よりは太いが、紐よりは細い、という絶妙このうえない太さに切断したものが皿に乗っているのである。

それは緑なのだけれどもそうなってしまうと奇妙に白く、ちょっと見た感じは雪のようである。

ここで客は初めてシェフの企みに気がつき、あっ、と叫び声をあげそうになる。

キャベツ＝雪、ならば、ブラウンの焼肉＝土砂ではないか。

つまりこれは、雪の日の土砂災害の様子を絶妙に表現した素晴らしきアートなのである。

もちろん、土砂災害というものは美しいものではない。むしろ悲惨なことだ。しかし、その悲惨なものから目を背け、花鳥風月の世界に立てこもり、そのなかだけで美しい世界を構成し、人間が生きている以上、当然、発生する生ゴミやペットボトル、弁当殻、などを外の世界に捨てて恬然としているのは芸術家として正しい態度なのだろうか。それ以前に人間として正しい態度なのだろうか。

この世に土砂がある限り土砂災害はなくならない。そしてこの世から土砂がなくなるということはない。だったら、焼肉定食において土砂災害を表現するのはあたりまえのことだろう。

ただ、凡百の料理人であれば、ただただ、土砂災害だけを表現し、どうだ、俺の土砂は凄いだろう、と言って腹を突き出して偉そうにして威張っただろう。

ところが、なみき、は違う。そこに雪としてのキャベツを盛り込むことによって、ある意味を自然な形で導き出している。すなわち。

雪というものは、いったん降れば、どんどんどんどん降り積もり、地上世界の醜いものをすべーて覆い隠し、一面を美しい銀世界にしてしまう。

その雪を土砂の脇に配置する。そのことによって半分は美しい世界、半分は悲惨な土砂災害、という形をつくり、とどのつまりは人間の心の中にある、天国と地獄、その遷移ではない、世界をたかだか径八寸の皿のなかに現出せしめるということの凄さ、っていうか、凄み、をモロに発揮しているのである。

というと、「ぱぴぷぴぴぴ、ただの二元論か」と言ってこれをあざ笑い、尻をめくってペチペチしながら、なみき、と、僕、の双方を軽侮して自分は素晴らしき涅槃の境地にたゆたっている、みたいな立場をインターネット仮想空間でとる人が必ず出現するけど、言うまでもなくそれは誤りで、なぜかと言うと、さっきも言ったように、なみき、はその土砂をコーティングすることによって、輝き、を付与することによって、その土砂が、膜、の向こうにあるかのように見せることによって、それを対象化しているからで、じゃあ、キャベツ＝雪、の方の議論はどうなるのだ、というと、それには、ドレスシング、というもの、つまりそれ自体の味が希薄なキャベツに、乳化・白濁した、垂れ、を振りまぶすことによって、その味をより、挑戦的で蠱惑的でワイルドでキュートで半透明な感じにしていくという作業をやってのけているとともに、輝きと膜という驚嘆すべき技法を採用している。

この特殊な技を使える人は世界に三人しかおらないとも一部で言われており、なみきのご主人は本来、人間国宝になってもおかしくない、と言われているのだろうか。

それだけでもゴイスなのに、この焼肉定食はさらにもう一枚、結論からいうとマッシュポテトというものを附着させてある。それは、ジャガタラ芋、別名・馬鈴薯、という植物の根が肥大したものを沸騰した水の中に没入させ、暫くぶりにこれを引き上げ、表皮を取り除いた後、金属片などを用いいて、圧迫、崩壊させたものである。

これも表皮が取り除いてあるため、白に近いが、若干、黄味がかっている。それはつまりは黄信号という青から赤、赤から青に変わる際に必ず通過する中間的な領域、つまりは中庸の徳、という哲学をさりげなく表しているのである。

それは料理とはそういうものである。という、なみき主人の強い思いがあるのだろう。死ぬほどまずく、それを食べた人は死亡してしまう。そうなればもはやそれは料理とは呼べない。端的に毒である。また、極度にうますぎて、それを食べた人は気が狂ってしまう、というのも料理とは言えず、それもある意味、毒である。

だからそうならないように、その中間の範囲内に納めておきなさいや、ということをなみき主人は言っているのである。なので、このマッシュポテトはうまくない。かといってまずくもない、中庸的な味加減に調整してあるのである。

これが焼肉定食のプレートの全体である。ならば、それが定食だっていうことになっているその根拠となっている御飯と味噌汁の方に目を転じてみようか。

御飯。これを知る人は多いだろう。前にも言った通り、稲という草の実の表面上の殻をとり、さらにその下の膜もとったものを水に漬け、熱を加えて水を沸騰させ、当初、ハードだったものをソフトにすることによって、人間が食べられるようにしたものである。つまり、一連の作業は硬いものをどんどんどんどん柔らかいものにしていく、ということで、これは人生の修行に似ている。そんな、味な逸品である。

　これもありふれた利休形の茶碗に盛ってあるのはプレート部と同じである。

　そして味噌汁。これは一種のスウプ料理である。椀、という容器に入れることによって垂れ流れを防ぐと同時に食べやすい状態に保守されている。魚の屍骸を乾燥させたものを削り取った切片を熱湯に浸してエキス分を熱湯に流出させ、そこに、豆を用いてこしらえた泥のようなものを入れ、そこにビーンカードと海草を混入してある。海の要素がきわめて強いが、そこに、豆、というものが暴力的に介在していく。心の奥底から力が吹き出て鼻から流出していくような、そんな逸品である。

　それに、日照不足で白くなってしまった植物の茎を湯につけて湯から取り出し、胡麻油という特殊オイルにいろんなパウダーを振り入れて、もやしというものの味をヘヴンリーにしたもので、これは天魔覆滅という概念を強烈に表している。器はくだらないものである。

　それに二種のピクルスがついてくる。

　これは業務スーパーという苛烈なくらいに価格の安いスーパーマーケットで買ってきたもので、なみき主人のブラックユーモアがこんなところに表れている。

　以上が焼肉定食の全体の全体である。

　さあ、ざっとした紹介が終わったところでいよいよ自分、というのはこの場合、儂のことだが、儂がなにを食べるか決める段になってきた。

こいつは楽しみで、心が枠のようになる。自分はそこに描かれた絵。なみきは、真っ白なキャンバスのようなレストランだ。あっは、あはははははは。

第二十一回
半ラーメンへの憎悪

いよよ、なみき、で御飯を食べる。改めてそう思い、私の、こゝろ、がわなないた。といって気になるのは、いよよ、という表現は間違いではないか、という点であるが、いよよ、というのは聞くところによると、ますます、いよいよ、という言葉と同じ意味で間違いではないのである。

なので普通であれば、いよいよ面白くなってきましたなあ、なんつう局面で、いよよ面白くなってきましたなあ、と言っても間違いではないのである。

と言うと、なぜそんな風にわざわざ一般的でない言い方をするのか。普通に言えばいいじゃねぇか。という意見が千住大橋のあたりから澎湃（ほうはい）としてわき起ってくる。

当然の話であると思う。

なぜなら私も最初は、いよいよ、と書こうと思っていたのだ。ところが、ふと、ただ単に、いよいよ、と書くより、いよよ、と書いた方が読む人に、おっ、こいつはなかなか頭ええんとちゃうけ、というか、ええ感じの文章書きよるやんかいさ、みたいな印象を与えるのではあるまいか、という考えが頭をよぎり、設備投資という観点から考えても、い、をひとつ抜くだけでよく、それで頭がよい、と思われて女に持てるなどしたら、こんなよいことはない、とそう考えて、いよよ、と書いたのである。

そんなことで私は、いよよ、なみき、で御飯を食べることになったが、なぜ、こゝろ、がわなないたかと言うと、その場合、なにを食べるかを決めなければならないからだ。

それは凄い決断である。

なんとなれば、ひとつのもの、すなわち、ライスカレー、と定めれば、麻婆茄子定食は食べられなくなるからであり、だからといって麻婆茄子定食にすれば、こんだ、鯖味噌煮定食を食べられなくなるからである。

というのは一夫一婦制度下における結婚に似ている。

ひとりの女を嫁にもらえば、或いは、ひとりの男に嫁せば、後で気に入ったのが出てきたからといって、それを貰ったり、そこへ嫁ぐことは、もはやできないのである。

ただし、結婚においては離婚というシステムがあり、離婚すれば別の結婚ができるが、その場合は慰謝料というものを支払わなければならない。

飯においても同様で、麻婆茄子定食を半分食べたところで気が変わってステーキ丼にしたくなった場合、半分返すから代金は半額でよいだろう、という訳にはいかず、全額を支払わなければならない。

なので誂えものをそう言うときは、後で後悔をしないように熟慮勘考をする必要があるが、そうしなくてもよいような新機軸が一九九〇年頃に杉並区高円寺などに出現した。

どういうことかというと、半、という考え方である。

つまり、蕎麦も食べたいが天丼も食べたい。しかし、その両方を誂えるのは資金的に苦しいし、両方を食べると腹が破れて死ぬる。それに対応すべく、〇〇蕎麦&半天丼セット、という商品を売り出したのである。

どういうことかというと、賢明な皆様方のことだから、その文字面からおおよその見当はつけておらっしゃるだろう、そう、その通り、通常の蕎麦とハーフサイズの天丼を盆に乗せて供するのである。

これだと、蕎麦、天丼の両方を食すことができ、しかも、ハーフサイズなので価格も安いし、腹も破れないのである。なかにはこれを気取って、ミニ天丼、という店まで現れた。

半は天丼にとどまらず、半うな丼、半牛丼、半カツ丼となんでもござれ、それどころか丼以外のものでも、半カレー、半チャーハン、半トンカツ、なんてのもあり、これに組み合わせる麺類も、蕎麦のみならず、ラーメン、うどん、ヤキソバ、冷やし中華、となんでもオッケーで、いろんな組み合わせを選ぶことができるし、逆に、半ラーメン、半ヤキソバ、半うどん、と麺類側を、半、となし、これに通常の天丼を組み合わせるなどということも可能なのである。そして。

私はこれを激しく憎悪している。

嫌で嫌でたまらない。

なにが、半、か。と思っている。

なぜなら、そうしたいじましいやり方で、みみっちく欲望を満足させようという姿勢を、卑怯未練、と思うからである。

男らしくない、と思うからである。

やはりすべては、全、であるべきであると思う。もともと、全、であるラーメンを、半、に矮小化して、いろんなものを食べ散らかして楊枝をくわえて、腹をぼりぼり掻いているような奴は最低だ。

さきほどの結婚にたとえて言えば、じゃあ、おまえは、半女、半男、と結婚をするのか。右半身か左半身か知らぬが、そんな間違った丹下左膳みたいな気色の悪い人間と結婚するなんて私は御免蒙（こうむ）る。

その場合、断面はいったいどうなっているのか。脳や腸が剥き出しになっているのだろうか。おそらく姑息な奴らのことだから、大方、ラッピングヒルムかなんかで巻いてあるのだろう。なんたら子供騙しだ。

みたいな、半天丼、半ラーメンを私が食べるということは金輪際ないし、っていうか、名店中の名店である、なみき、がそんな愚劣なことをするということはない。

なので私は、慎重にも慎重を期したうえで決断をしなければならず、だからわなないているのであった。

そして、その挙げ句、私は、ずらっ、と並ぶ品書きのなかでも、やや地味目の、「麦トロ定食」という定食料理を誂えた。麦トロとは、山の芋という名前の植物の根を破壊したものにだし汁という汁を混入したねばねばした液体（これをトロロと呼ぶ）を、稲という草の実と大麦という植物の実を圧迫して平たくしたのと水を熱した個体（これを麦メシと呼ぶ）に振り混ぜたもので、その外観は痰に酷似している。

その痰に似たものを、麦メシ、に振りかけて食べるのであるが、食べていくと器のなかがどんどん汚らしくなっていく。これを避けるのは小笠原流の達人でも無理である。

その汚らしさ、そして、痰に似た外観とは裏腹に、きわめて美味な食物で、これに葱、青海苔、黒海苔といった、薬味、と称する切片やパウダーを振りかけると、うまさがまた格別なものとなる。贅沢な人は、これに鶏という鳥類の卵細胞を破壊して振り混ぜるなどするが、そうするとよりうまさが増す。

　そして、これらは健康というものに対して極度によいという噂がある。噂を盲信してこれに振り回されて生きるのはバカだが、人の言うことを素直に聞かぬのもまたバカである。

　なんでも信号機が赤色だった場合はとまらぬとあかぬらしいぜ、と人が言うのを聞かず、「なにを言うか。儂はそんなくだらぬ噂には振り回されない」と嘯いて、ひょっとこのように口を歪めてずんずん進み、轢死体となるなどというのは随分と詰まらぬ人生ぢゃないか。

　そんなことを悠然と考えてるうちに、「麦トロ定食」がサーブされた。

　先ずはメインの、トロロ、が、なにもしないことをつきつめることですべてをする、という、なみき、の基本コンセプトに忠実な小ぶりの椀に盛られている。薬味は、葱、という植物を裂帛（れっぱく）の気合いとともに斬って斬って斬りまくったものである。トロロ、本体は、なにやらドロドロしていてネバネバしていて、ところどころに気泡がみえる。色は白だが、やや黄みがかっている。

　ちょっと意外の感があったのは、器が小さく、分量がやや、少なく感じられた点だ。

　しかし、あまり分量が多いと、麦メシがトロロでどろどろになってしまい、汚らしさが極点に達するので、それを避けるために敢えて分量を少なくしてあるのだろう。見た目の美しさ、というのは和食にとって重要な要素なのである。和食＝倭食＝矮食、とでも言うべきか。

しかもこれは、なみき、お得意の定食料理である。定食料理には主菜に加えて副菜というものがある。そっちの方はどうなっているだろうか、と副菜に目を転じた、私は、ややややややや？　と思った。小鉢、ほんの小さな小鉢に、もやし、と業界では呼んでいる未生育の植物を熱湯に浸し、油や調味液を振りかけたものがほんの少し入っているだけなのである。

私はとめどのない寂しさ、みんなでバス旅行に行き、トイレ休憩で入ったサービスエリアに置き去りにされたような悲しみを咄嗟に感じた。

その悲しみは味噌汁に目を転じた瞬間、さらに増大した。

味噌汁の具が麩と若布であったからである。

麩と若布が別に悪いという訳ではない。ただ、なにか頼りなさというか、寄る辺のなさ、というか、存在の不確かさ、というか、そんなものをヒシヒシと、ほんと、ヒシヒシと、感じて、なにか悲しいような、辛いような、真っ暗な夜、霧の立ちこめる田舎道をトボトボひとりで歩いていると遠くで汽笛が鳴った、みたいな寂びしみを感じたのだ。

これも、侘び、寂び、を意識した、なみき主人の心憎いまでの演出なのだろうか。

私は金目鯛の味噌汁、いやさ、伊勢エビの味噌汁でも別に構わなかったのだが。

と、思いつつ、見た目の寂しさなんぞは、一口、ただの一口、「麦トロ」を食べたら吹き飛ぶ。問題は味。味なのじゃ。と自分で自分に言いつつ、パキン、裂帛の気合いで割り箸を割った。

第二十二回 とろろ定食とエレガント

そして私は、あははん、と笑った。段取りを間違ったゆえの照れ笑いである。なにを間違ったかと言うと、割り箸を割るタイミングを間違ったのである。

どういうことかというと、麦トロというものは、麦メシにとろろをふりかけ、ふり混ぜ、して食べるお料理であり、食べようと思ったら、まずは、とろろ、を、麦メシに、ふりかけやぬとあかぬ。

もちろん、割り箸を割ってから、とろろ、をふりかけてもよい。しかし、その場合、割り箸をいったん置いて右手で、とろろ、の椀を傾けてふりかけるか、或いは、割り箸を右手に持ったまま左手で椀を持ち、箸で流入する、とろろ、をこなすようなことをしながら、ふりかける、ということをしなければならない。

というと、「え? それのどこが悪いのか?」と、怒りながら屁をこく人が出てくるが、もちろん、具体的な支障はない。ただ、どうもエレガントさを感じられぬのである。

これは私の個人的な考えであるが、あらゆることは、エレガント、に行われなければならないと思う。なんていうとまた、「そんなことはできない」などと、愚劣で不愉快な茶々を入れてくる人があるが、あ、そうだ。茶で思い出したが、そういう人は、日本が世界に誇る文化である、茶湯、というものを全否定するのだろうか。私は茶室を破壊したが、それは茶道の破壊ではない。

たかだか、茶を飲むのに、そんな複雑な手続きはいらぬ。ただ、がぶっ、と飲めばよいのだ。と、主張するのだろうか。

そんな粗暴なことを言う人があるとしたら、それはもう蛮人に他ならず、そんな奴の意見に耳を傾けるのは、焼け野原でビンチョウマグロの人工飼育をしながらトマス・ピンチョンの小説を鳥取弁に翻訳するのと同じくらい無駄なことだ。

まあ、それくらいに茶道というのは意味のあることなのだけれども、右に言ったように、私は、麦トロやカレーライスを食べる場合でも、もちろん、茶道ほど洗練される必要はないが、一定程度、エレガントである必要があると思っている。

そういう意味で、一度持った割り箸をいったん置いて、とろろ、をふりかけ、また箸を持つというのは、動きに無駄があるというか、バレエを踊っている途中で土俵入りのようなことをしたり、交通誘導員のような仕草をする、みたいな、ぎくしゃくした流れになってエレガントではないし、また、箸を持ったまま、というのはいかにも、一刻も早くメシが食いたい、と思っている浅ましい餓鬼のようで、これまたエレガントでないのである。

なので、本来は、まず静かに瞑目し、軽く一礼した後、息を吐きながら椀に右手を伸ばし、息を吸いながら、これをいったん、胸元まで引き寄せ、呼吸を止めて、静かに椀を飯茶碗のところまで持っていき、霜柱が朝日に溶けて崩れかける、その刹那の呼吸で、とっ。とろろをかけるべきなのである。

ぬかったわ。

そう、思ったが、真にエレガントかどうかを問われるのは、ここから先の振舞によってである。

ここでやけくそになってルードボーイのような振舞に及ぶのではなく、こうなったからこそ、より、エレガントに振る舞うことによって、最初の失敗を乗りこえて、さらなるエレガントの地平に到達することができるのである。

で、私はどうしたか。

私は、ほっ、と小さな息を吐いて暫時瞑目したるのちに軽く一礼、とろろ、の椀はそのままにしておき、飯茶碗もいらわずに、もやし、に油や調味液をふりかけたものが入っている副菜の小鉢に箸を伸ばした。

いきなり、主菜に手を伸ばすのではなく、まず、もやし、に手を伸ばす。人としてきわめてゆかしい態度であると言える。つまりどういうことかというと、とろ、というのは、この場合、主役である。中心人物である。そして、もやし、というのは、脇役。十把一絡げの有象無象である。

そうした二人が並んでいた場合、脇役を黙殺して主役の方へ歩み寄る。満面の笑みをたたえて、「どもどもどもども」などと言いながら。

それは人として当然の態度であるが、その一方で、黙殺された脇役の方はどう思うだろうか。いっつも俺は無視される。俺だってここに立っているのに。と、辛く悲しい気持ちになるに決まっている。

そんな脇役の気持ちを察し、さりげなく話しかける、というのは、私はエレガントな態度であると思うのである。

そんなことで私は、もやし、を六本ばかり、箸の先でつまんで、ぽいっ、と口のなかに放り込み、目を閉じてこれを賞玩した。

どうだったか。

私は驚愕した。

なにに驚いたかと言うと、まったくおいしくなかったのである。といって、激烈にまずいわけでもない。ということは、きわめて普通と云うか、なんらの特色もない、一般家庭で、お母ンが、邪魔臭がりながら作った、みたいな、なんということはない味なのである。

なので、これが凡百の店であれば、はっはーん、この店は随分とやる気のない店だな。一般家庭ならこれでもよいが、銭をとるのであればもう少し創意工夫、他店にはない独自色というものが必要だが、そういったものを追求した形跡がまったくない、と納得するだけで、特に驚くということはないのであるが、ここはなんといっても名にし負う、なみき、である。そんないい加減な仕事をする訳がない。ところがしてしまっている。

その一事に私は驚き、困惑してしまったのである。

そう。私は本当に困惑してしまった。ええ？　マジい？　と思ってしまった。なんで、なみき、ともあろうものがこんな仕事をするのだろうか。なみき、はダメになってしまったのだろうか。いや、そんなはずはない。ことによると私の味覚がおかしくなっているのかも知れない。

そう思って私は、エレガントな身振りをかなぐり捨てて、もう一度、箸を伸ばし、もやし、を食べた。やはり、同じ味である。そんな、バカな。慌ててもうひと口、食べる。無情なまでに同じ味。

これにいたってやっと、私は、なみき主人の、やろうとしていることがわかった。

人は名店に行きたがる。なぜ人は名店に行きたがるのだろうか。それは、おいしいものを食べたいと思うからだ。しかし、それってどうなのだろう？　うまいものを食べたいと思って評価の定まった店に出掛けて行き、予定通りうまいものを食べる。

行動としては首尾一貫しているのだけれども、あまりにも首尾一貫し過ぎていると云うか、合理的と云うか、抜け目がなさ過ぎる感じがする。

そしてその行動の中心にあるのは剝き出しの欲望。その欲望をあまりにも直線的に満たすその姿は、いくら見た目を着飾っていて、エレガントな振りをしていても、実は、けだものぢみた振舞に過ぎぬのではないか。

やはり、真にエレガントに振る舞おうと思ったら、欲望にたどり着く前に多少の迂回が必要なのではないか。

なみき主人は、そう考えて、この、もやし、で、ともすれば性急に欲望を満たそうとしてけだものに堕しがちな、客、を救済しているのではないだろうか。

そして、その迂回は、巧妙に計算された迂回であり、この、あたりまえな一般家庭の感じ、というのも、ぞんざいにやったものではなく、ここから、とろろ、に移行したときの、味わいの曲線というものを図示した際、それが深遠な禅機を表す図形となるような複雑精妙な匙加減になっているに違いないのである。

というわけで、さあ。いよよ、とろろ、である。麦トロ、である。私は感動のあまり泣くのであろうか。笑うのであろうか。私の頭脳のなかに、どんな大爆裂が発生するのであろうか。なみき主人は私をどこへ、どんな宇宙に連れていってくれるのであろうか。仙境であろうか。桃源郷であろうか。涅槃であろうか。三昧境であろうか。

この時点で私はもう作法を意識することはなかった。っていうか、その存在すら忘れていた。ごく自然な態度で手を伸ばし、ごくあたりまえな手つきで、ざぶっ、とこれを一気に飯にかけた。

澄み切った心境だった。

ついにここまできた、という感慨もなかった。かといってつまらない訳でもなかった。頭の奥の方から、うれしさ。そして、たのしさ。のようなものが泉のように滾々と湧いていた。

奥の席でライスカレーを食い終わったおばはんどもが、雑談話をしていたが、それすら迦陵頻伽の響のように聞こえた。

私は左手に持った茶碗を口のところに持っていき、縁に直接口を付け、右手に持った箸で手前にかきこむようにして、ずるっ、と、麦トロ、を啜った。

不思議に無作法だと思わなかった。恥じる気持ちもなかった。というか逆に、それがもっともエレガントなのだ、と強く思っていた。

私は、麦トロ、を味わった。

どっかーん。私の頭のなかで大爆発と大噴火が同時に起きた。

「おああああああああっ」

私は、危うく叫びそうになった。

第二十三回
超人的料理人からの禅的問いかけ

私は叫んだだろうか。実は叫ばなかった。どうしてだ。大爆発と大噴火が起きたのだろう。だったら叫べばよいではないか。或いは、レストランで叫ぶのが無作法だというのなら、多くの人がそうするように、「ああっ」とか、「おおっ」といった小さい感嘆の声をあげればよい。感に堪えぬ、といった具合の。

しかし、それもできなかった。

頭の中では爆発と噴火が続いていた。溶岩が流れ、硫酸ガスが立ちこめた。多くの者がこれにのみこまれた。どっかーん、どっかーん。地響き、地鳴りがとまらない。地割れも始まっていた。

私はなにも発言できないまま、ただ自分の頭のなかに立ち尽くしていた。

涙が止まらなかった。

そう。皆さんもそろそろおわかりだろう。

その大爆発、その大噴火は、うまさ、の大爆発・大噴火、ではなくして、まずさ、の大爆発・大噴火であったのである。

私は嘘は言いたくない。だから、はっきり言う。

なみき、の麦トロはまずかったのだ。

というと、皆さんは混乱するだろう。「えええええええっ。Ｒｅａｌｌｙ？　おっかしいじゃん。なみきは奇蹟の名店じゃなかったのかよ」と思うだろう。無理もない。だって、ナビゲーターの私が混乱しているのだから。

これはいったいどういうことなのか。

ひとつ考えられるのは私の頭が狂ってしまった、ということだ。つまり、人間には突然の発狂、ということがある。それまで、普通に目を開いて服を着て論理的なことを喋っていた人間が、突然、服を脱ぎ、歌い踊りながら剃刀で喉仏を切開してびくびく痙攣する、ということがないとは限らず、それが私の身に起きたとしてもなんら不思議ではない。

つまり、私の頭が狂ってしまい、誰が食べてもうまいと感じる、なみき、の麦トロをうまいと感じられず、逆に、腐った生ゴミや雑草を食べて、ウマイー、と泣き狂うような人間になってしまったということだ。

絶対にそうではないという自信はない。なぜなら、これまでは黙っていたが、実は私の職業は、正気ではなかなか勤まらない職業だからだ。といって、完全に狂っていても勤まらない。利口でなれず、といってバカじゃなれない因果な稼業、というやつだ。普通の人よりよほど狂いやすい。

そこで自分が狂っているかどうかを確かめるため、傍らの茶を飲んでみた。もし狂っていたら、茶は茶の味ではなく、ホウ酸団子の味とかパイプユニッシュの味とかに脳の中にて変換されるはずだ。

がぶっ。茶は普通の茶の味だった。エスエムで売っているもっとも安い粗葉の味、というところまで感知できた。

つまり、私の脳は狂っておらない、ということになる。

ということは、ちょっと考えられないことであるが、この麦トロが本当にまずい、ということである。

これはいったいどういうことなのか。

これも、なみき主人による、深遠な禅的問いかけなのか。

これまでの経緯からしてそれも考えられないではない。

事実、副菜の、もやし、がそうだった。しかし、いくらなんでも、主菜にまで禅的フィーリングを及ぼすというのは、店としても料理人としても自殺行為である。私なんかはまだ禅味・禅機がわかる方だが、多くのお客は残念ながらまだそこまでいたっていないというか、折角の主人の禅的問いかけに対して、「なんだまずいな」なんて粗野・無骨な野人丸出しの感想を言って、そのくせ食通・グルメを自任している。そんな状況のなか、副菜で禅的問いかけをするだけでも凄いのに、主菜でそれをやるなどということは、いくら、なみき主人が超人的料理人であったとしてもそれは不可能だ。

などというと、いや、このあいだ上野で入った店はそれをやっていた、なんていう御仁が出現するが、そんな人は空中をクルクル舞って欲しい。そして、元内閣総理大臣・麻生太郎閣下に銃で撃たれて欲しい。なぜなら、それは甚だしい勘違いであって、ただ単にまずいだけだからである。

そんなものと、なみき、を一緒くたにするなんていうのは、ピカソを幼児の落書と同等に扱うにも等しい、神をも怖れぬ所業である。

とまれ、この味が禅でないことは断言できる。

ならば、なんなのか。いったいどうしてしまったのか。

もうひとつ考えられるのは、私に対する、嫌がらせ、というコンセプトである。つまり、どういう訳か、私は、なみき主人に激烈に嫌われていて、あんな奴にうまいものを食わせてたまるものか、と思われてしまった、という考え方である。

そうだとしたら、私は単純に悲しい。悲しいしつらい。

しかし、実に納得のいく考え方である。嫌な奴に復讐する。なみき主人と雖も人間だ。そんな負の感情を抱くこともあるだろう。

っていうか、そういう感情をまったく抱かない、としたらその人は悟っているということになる。

しかし、私はなぜ嫌われたのだろうか。なにかいけない振舞に及んだだろうか。

人間は知らず知らずのうちに無礼・尊大の振舞に及んでしまっているということが屡々ある。例えば私は、夭折した無名の詩人の足跡を追う、という主旨のドキュメンタリー番組に出演、生前、詩人と付き合いのあった一般の方にインタビューして回ったことがあるが、放送された番組を見て驚愕した。

自分としては、相手は一般の方であり、厚意でお話をしてくださっているのだから、ごく丁重な対応をさせていただいたつもりだった。しかるに放送を見ると、そうした一般の方が不躾な質問に対して丁寧に答えてくださってるというのに私ときたら、「あーん」「おーん」「ほほん?」「ははん?」「あ? 言ってる意味、わかんないんだけど」「それは誰が? 主語がないからわかんない」「はははは。なるほど」なんて、終始、音楽雑誌の尊大なエディターが新人バンドにインタビューしている、みたいな口調であったのである。

つまりどういうことかというと、私には意識しないまま相手を見下して偉そうに振る舞ってしまう癖があるということで、この、なみき、においても知らず知らずのうちに、そういう態度をとってしまったのではないか、ということである。

その可能性はゼロではない。

しかし、心当たりがない。なみき、に足を踏み入れるや、ただちに、「早いこと案内せんかあ、ど阿呆っ」と怒鳴ったり、隣の客に、「品格がないのね！」と苦情を言ったり、泥酔して嘔吐する、などしたのか。六年間、入浴ということをしておらず、ゾンビのごとき腐敗臭を放っているのか。

いずれもまったく身に覚えがない。

そして店の人に憎まれているような感じもしなかった。

もちろん、なみき、のサービスはクールなものだが、睨まれたり、注文をするや、「ちゃっ」と舌打ちをされるなんてこともなく、他の客と同じように扱われているように思えた。

しかし、目を逸らしている隙に睨まれたり、豚鼻をされたり、バーカバーカバーカ、と言われるなどしているかも知れないので、景色に目を奪われている、もの思いに耽っている、なんてふりをしつつ、突然、厨房の方を見る、なんてことも何度かやってみたが、こっちを見ている者はなく、みな、淡々と自分の仕事をこなしていた。

じゃあ、なんなんだよ。なんでこんな味にすんだよ。

巨大な疑問符が頭蓋のうちで爆発したり、震えたり、汚泥にまみれてのたうち回るなどしていた。

「いったい全体どうなっとるんだ？」

思わず呻くように言った、その刹那、ある考えが電光のごとくに脳裏に閃いた。

ことによると……、私はその考えについて仔細に検討を加えた。

間違いない、それしかない、と思われた。

どういうことか。ずばり言おう。

私はミシュランガイドの秘密調査員だと思われていたのだ！

もちろん、なみき、ほどの名店なれば三ツ星を付与されるのは当然の話である。

しかし、当然の話であるが、なみき主人は、そんなことを望まない。なのでそれを避けるためにあえて、ありえないくらいにまずく料理を作ったのだ。

ああ、なんという誤解であろうか。私は語学に堪能なので、ついうっかりフランス語を喋ってしまう癖があるのかもしれない。それで誤解をされたのだろう。

人の世。なんとままならぬところであろうか。私はただ単に、なみき、を愛するひとりのカストマーに過ぎぬというのに。

どこかで犬が鳴いていた。悲しい遠吠えであった。私は、のろのろと誤解よりなるまずい麦トロを食べた。そのとき私は一匹の餓鬼であった。

どうやら私はなお餓鬼道を経巡らなければならぬようであった。

第二十四回
矛盾まみれのラーメンショップ

さて、リフォーム工事がいまだ終わらず、また、ついうっかりフランス語を話して、秘密調査員と間違えられて苦杯をなめた私はまた餓えている。精神的にも肉体的にも餓えている。なにかを食べにいかなければならない。

さて、どこにいこうか。

考えてまず頭に浮かぶのは件の、なみき、のある山中の道路である。牧草地の広がる盆地の縁(へり)を山沿いにぐるりと一周して隣町にいたる道路で、道路沿いにはせいぜい、なみき、くらいしか店がなかった。なにもない、不毛の道路だったのだ。

ところが、このところ俄(にわか)に盛り上がっているというか、はっきりいってキテル。次々と新しい店がオープンし、お客がつめかけている。いまのところ、雑誌に取り上げられることもなく、また、ネットでも人々の口の端(は)に掛かるということはないようだが、いずれにせよ、いま最先端のスポット、僕の言い方で言うと、ズポット、であることは間違いがないようだ。

ズベ公と踊りたいような気分。

そのなかでももっとも気になっていたのは、先日オープンした、拉麺、といって、麦で拵えた麺を汁に浸したものを供する店である。

どうやってその店がオープンしたことを知ったかと言うと、僕は道を自動車で走行する場合、一定程度、速く走行したい質で、前をノロノロ走行するクルマがあると車間距離を１㎝にまで詰め、「なにをトロトロ走っとんのんじゃ、ぼけ。おまえのようなロバのできそこないは家でポリエステル食うとけ、どあほ。顔面便器、猿人間丸出しの愚民中の愚民」と罵倒しながら走りたいような気分なのだけれども、そんな風に走っていてなお、気がつくくらいにデーハーな、「ラーメン」「営業中」と大書した真紅の幟旗が道路沿いに複数本、いい感じではためいていたからである。

それを運転しながらチラチラみた僕がどう思ったかと言うと、「ややや。あんなところにラーメンショップができている。ぜひともおとのうてみたいものじゃ」と思った。

しかし、それは叶わなかった。

なぜか。それは、そのラーメンショップの位置に関係する。

どういうことかというと、右に申し上げたように、その山中の道路は、盆地の縁を巡っていた。盆地とは山に囲まれた平地のことである。ということは道路の片側は盆地に至る下り斜面であり、片側は山の斜面であるが、そのラーメンショップは山側の、道路からみて高い位置にあった。

その斜面に細く急な石段があって、その先にラーメンショップがあったのであるが、当然、クルマでは入っていけない。しかし、私方からそこまではとうてい歩いていかれる距離ではなかった。そして、山奥のこととて、近くにコインパーキングなどはなく、また、片側一車線のその道路に路上駐車するのは不可能だった。

しかし、それでも僕はなお、その店に入ってみたい気持ちを抑えきれなかった。

なぜなら、そのラーメンショップが激烈に興味深かったからである。

どこが興味深かったかと言うと、その外観が興味深かった。

通常、店舗というものは、民家、個人宅、仕舞屋、とは明らかに違った、いかにも店舗らしい外観をしている。ゆえに粗忽者が一般家庭に飛び込んできて、「きつねうどんください」なんつうことにならないのであるし、もっというと、寿司屋はいかにも寿司屋らしい外観を備えているし、洋食屋はどことなく洋食っぽいし、ラーメン屋はなんとなくラーメン的な風情をたたえているのである。ゆえに冠木門をくぐって、飛び石を踏み、葉蘭や羊歯や躑躅や笹の植えてある庭を通って玄関にいたり、三和土で靴を脱いで座敷に通され、「ええっと、僕は今日はぜひともブイヤベースが食べたいのだが」と言う人はないのだ。

しかるに、そのラーメンショップはどうかというと、まったくラーメンショップらしくなかった。では、焼肉ショップらしかったかというとそんなことはなく、ハンバーガーショップらしくもなかった。つまり、そのショップはいかなるショップらしくもなかった。

では、どんなだったかというと、それは、どこからどのように見ても、一般住宅、築後三十年程度経過した木造の日本家屋であった。

道路からは看板らしきも見当たらず、ただ、「ラーメン」「営業中」と書いた幟が道路沿いにはためいているばかりである。

ということは、一応、常識的に考えて、普通の家が自分の家の前に、「ラーメン」「営業中」と書いた幟をたてるということはないから、ここはラーメンショップであるということである。しかし、その外観はどこから見てもラーメンショップらしくない。

これすなわち矛盾であるが、大衆は矛盾を限りなく愛するものである。

どんな矛盾を愛するかというともっともわかりやすいのは、安い。しかし、うまい。という矛盾である。安いということは材料も安価なれば、その材料を調理する職人の技量も劣っているということである。したがって多くの場合、安いものはまずい。同じ理由により、高いものはうまい。なので、安い、のに、うまい。というのは矛盾である。

ところが人民大衆はこの矛盾を狂熱的に支持するのである。同じく、偉いのに気さく。強いのに優しい。美人なのに親しみやすい。多機能なのに小さい。でかいのに燃費いい。不気味だけど可愛い。ロリ顔なのに巨乳。といった矛盾を好む。

ただし、これには条件があって、矛盾のどちらか一方に、人民大衆自身が得をするか、または、人民大衆の無意識が気色よい、と思っていることが含まれていなければならず、それがない限り、愛するどころか、逆にこれを甚だしく憎む、ということになる。

どんな矛盾かと言うと、まずいのに高い。バカなのに威張ってる。不細工なのに高慢。たいした機能はついていないのにバカでかい。といった矛盾である。

そんな矛盾は甚だしく憎まれ、なんでも矛盾さえしておればよいという問題ではない。

そして、さてこのラーメンショップに話を戻せば、人民大衆のひとりである僕は、この、一般住宅なのにラーメンショップという外観に魅了された。

ということは、右の理窟で言えば、その矛盾の一方に得をするか気色がよいと思う部分があったということになる。

どこが、僕にとって、その矛盾のどちらがどのように気色よかったのだろうか。僕にとって気色がよかったのは、一般住宅という点である。しかし、その一般住宅がいわゆるところの建て売り住宅のように味気のない住宅なれば僕は興味を引かれなかっただろう。しかるにその住宅は、右にも申し上げたように、築後三十年以上を経たであろう日本家屋で、その佇まいになんとなく惹かれるものを感じたのである。もちろんそれは大金を投じて建てられた財閥や華族の邸宅ではなく、使っている材料も一般的であれば、装飾もありきたりのもので、建築としての価値がある訳ではない。しかし、そのいかにも昭和な感じに、どこか懐かしいような、郷愁めいたものを感じるのである。

まあ、道を歩いていてそうした家屋を発見、「おおっ。昭和だなあ。懐かしい感じがするなあ。郷愁を感じるなあ」と思うことは珍しいことではない。

しかし、そう感じたからといって、その家の内部にまで上がり込み、さらに郷愁を感じることはできない。外観から郷愁を感じて、それで事足れりとしなければならない。

ところがこの場合はそうではない。

なぜなら、その家が、懐かしいような、郷愁を感じるような住宅でありながら、ラーメンショップであるからである。ということは、その家の内部に上がり込み、仔細にこれを観察しつつ、郷愁を感じても文句を言われない、ということである。なんつってもラーメンショップだからね。上がり込まないとラーメンが食べられない。

これを別の言い方で言うと、普通のラーメン屋であれば、五〇〇円のラーメンには五〇〇円の価値しかないが、このラーメン屋の場合、その同じ五〇〇円で、ラーメンと郷愁、ふたつながら味わうことができるのであり、これすなわち矛盾の徳であり、実際的に申さば得である。

という具合に、そのラーメン店にいきたくてならぬ気持ちになった。

でもさっき言ったように、クルマでの進入路がなくていかれない。

ううむ。どうしようか。と、隣町にクルマで参る度に切歯扼腕し、いっそのことここまでタクシーを雇って参ってやろうか、などと考えるうちに、あるとき、不図あること、すなわち、この店の前を徒歩で通行する人というのは先ずなく、通行するのはクルマばかりである。ということは、誰もがこの店に入ろうと思っても入れぬのであり、ということは、魅力的なこの店が早晩、潰れてしまうのではないか、ということに思いいたって愕然とした。

ううむ。それはいかにも、惜しいし残念だ。

そう思ってなにかよい知恵はないものかと頭脳をしぼったがなんの思案も浮かばなかったし、浮かんだところで無駄であった。なぜなら、僕はその店の経営者ではないし、経営者との面識もなかったからである。

ううむ。あたら魅力的な名店が失われるのか。

そう、思いつつ店の前を通っていたが、それは結果から言うと杞憂であった。

ある日、店の前を通るとパワーショベルが轟音をあげつつ、斜面を削り取っていた。すなわち、斜面を削り土地の一部を平らにし、駐車場を造りつつ、進入路も確保しようという大胆不敵なる計画である。ラーメンのためにここまでするとはただ者ではないな。
僕はそう思いつつ、工事なった暁にはかならずこの店を訪れようと心に誓っていた。

第二十五回 無味の中の有味

ラーメンショップの駐車場がついに完成した。

建物脇の急峻な斜面を削り取って駐車場となしたのである。

自然の斜面を削り取って自動車みたいな大きなものを五台も六台も収容する駐車場を拵えるなんつうのは本当に凄いことで、そんな凄いことができてしまう一方で、たかだか一人の個人がちまちま生活するための我が家のリフォーム工事はいまだ完了せず、キッチンが使えぬ私は餓鬼道を経巡っている。悲しいことである。

しかし、ただ悲しみ、人を恨み、ネガティヴな感情を前面に押し出して生きるよりは前向きにポジティヴな感情を抱いて、明るい、人に生きる希望を与えてくれるような感動の書を読んだり、前向きな気持ちになれる音楽を聴くなどして生きていった方が、よりよい人生を送ることができる、という意味のことを山根信二という、ごく一般の大学生がｔｗｅｅｔしていたことでもあるし、ここは一番、前向きに、工事中だからこそ希有なるラーメンを食べることができる、と考えて躍動、自分の心に釉薬を垂らすような心持ちでラーメンショップに出掛けていくがよろしかろう。

と、心のなかで心のなかに心のまにまに申し上げて、私はラーメンショップに出掛けようかな、と、思った次の瞬間、なんたることだろうか私はもうラーメンショップの前に立っていた。

しかし、私は私の心はそれを当たり前のこととして静かに受け止めていた。なぜなら左手に牛が牧草を食む盆地の光景が広がっていたからである。

盆地というものは人に不思議なことを自然に感じさせる力を持っているものだ。私はその力を感じながら、ラーメンショップの駐車場に立っていたのだ。

駐車場の入り口には二本のどす黒い門柱が立っていた。この門を通り抜ける人どもはなべて怒り持つごとき顔して。そんな歌が頭のなかをグルグル巡ることを企図して建てられた門柱なのだろうか。

私はそんなことはないと思う。これは、ただの門だ。

ただの普通の門だ。ただし、門であることには違いがない。普通の二本の棒ではない。普通の二本の棒が、敷地の入り口に建てられることによって門に変幻する。

それは普通の民家が看板をかけることによってラーメンショップに変幻することに似てい

るのかもしれぬ。

そんなことを随想しながら私は駐車場から門を眺めていた。門の右手に急峻な自然石の階段があった。俗に言う、石段、というやつだ。多くの都会の人間は石段を好む。なぜなら駅構内やオフィスの無機的な階段に比し、風情がある、と感じるからだ。

もちろん、そうには違いがないのだが、実際に石段を昇ってみると、けっこう昇りづらい場合が多い。なぜなら、段が不揃いだったり、傾いていたり、ときに欠落していたりするからだ。

もちろん資金力の豊富な大社の石段などはこの限りではないが、多くの石段がそうなのである。

この石段も多分その類いなのではないか。やれやれ、とんだイカソーメンだ、と思いつつ、左上がりに一直線に伸びる階段を眺めて私はそんなことを思っていた。

しかし、階段を昇り始めて私はすぐに甘い考えであったことを悟った。

昇りづらい、などというものではなかった。

石段は不揃いかつ、傾いており、一歩、歩むごとに小石や土塊(つちくれ)が左手の断崖に落ちていった。気を抜くと自分も落ちていきそうだった。地軸が傾いているような心持ちがした。

頭のなかに、ごく自然に、行、という言葉が浮かんだ。行。すなわち、肉体を訓練することによって精神を鍛える宗教的な行為である。

私はいま油断すれば駐車場に滑り落ちる。滑り落ちると頭が岩石にあたって割れ、なかの脳が噴出して死ぬ。或いは、そこまではいかないにしても、大腿骨とか肋骨とかが折れる。そうならないため全神経を集中して昇っていく。ぐいぐいぐいぐい、昇っていく。

そのことにより精神が研ぎすまされ、魂がより高いレベルに到達する。

そんなことを想起するような過酷な階段であった。

そんな階段を昇り詰めると、狭い平場のようなところがあり、巌（いわお）を積み上げて滝を模した水場があった。

日本人はこうした細工物が好きである。自然の景色をミニチュア化するのが好きなのである。

となると、この構築物も、滝口から水がどうどう流れ出るように細工がしてあるはずだが、さにあらず、滝口のところに、通常の蛇口が取付けてあり、さらにその下には有り触れたプラスチックの青いバケツが置いてあった。

それだけで私はこの店の主がただ者ではないことを悟った。おそらくはあの過酷な階段も意味があったのだ。

はっきりと言おう。

これは私は、禅、であると思う。自然をミニチュア化した構築物に人工物を取付けることによって、自然の大きな滝、例えば那智の滝とか華厳の滝、といった滝の滝口に巨大な蛇口、滝壺に巨大なバケツがあることを想起せしめ、しかし、そんなものは実際には存在しない、ということを感じさせることによって現実にある滝も滝を模した構築物も、実は存在しない、一切は空であり、したがって悩みも苦しみも存在しない、ということを教えているのである。そしてそのことを徹底させるために滝壺の脇には小便小僧が置いてあった。私も仏も存在しない。そんなものはすべて小便だ。文句があるなら来い。俺が小便をかけてやる。

そのような苛烈なメッセージがこめられた構築物なのである。

凡百のラーメン店主にできることではない。

凄い構築物の背後には雑木林が広がっていた。

狭い平場、を踊り場の心で右に曲がると悟ったようななだらかな小径があり、一寸ずつ心をこめて歩行の真似事のようなことをして前進すると正面に入り口があった。

さて、こんなことは当然すぎて説明の必要もないのだけれども、一応、言っておくと、一寸ずつ歩行の真似事、というのはなにも一寸刻みで歩く訳ではない。

自分の一歩というものを心のなかで一寸に分割して、その一寸一寸に仏とラーメンを念じて歩く、という禅的なフィーリングのことをさしているのだ。

　といって気がついたが、そういえば先日、訪問した、なみき、にもそうした禅的なフィーリングが漂っていた。しかし、それはあくまで皿の上に漂う気配に過ぎなかった。

　しかし、こちらの場合は、駐車場から石段を昇ってエントランスに向かう、その時点で、濃密なその気配にこちらの精神と肉体が変化・変容するという狂ったような事態になっている。

　その凄さ。意気込み。きらめき。かがやき。

　そんなものが予感として中枢神経を滅亡と復活の交互運動に誘う。小便小僧を抱きしめて、リュラ、歌いたくなる。或いは自分が小便小僧として巨大な瀑布(ばくふ)の脇に脇仏として立ち、虹のような美しい小便をしたいものだ、と思う。

　そんな思い白い粉を鼻孔から吸引しつつ、向かう先には入り口がある。

　縦格子にガラスを嵌めた和風の玄関口である。

　ただし、それは木製ではなく、ブロンズ色のアルミサッシである。ガラスには幾何学的な文様があり、真ん中の太い横格子には郵便を入れる差し込み口がある。或いは、新聞などもここにさしこむのかも知れない。

　つまりは、昭和五十年代とかに好んで用いられた安手の新建材である。

これを風情がないと断じ、やはり木でないとね、などという人が都心のビルの一階部分の張りぼてのような和風の造作を好むのだ。そうした方にこの禅味がわかるはずがない。そういう方は六時のニュースで行列のできるラーメン店特集を見て行列に並び、評判は高いが実は中身のない、なんということはないラーメンを食べてブログで評価しておればよいのだろう。

禅味どころか俳味すらわからないのだから。わからない人になにを言っても仕方ないから。僕なんざこれがいいと思う。この、無味。無味の中の有味。それはコスト的な意味で実であり、だから時間を経て、平成の現在に魅となっていく。それを見。よきひとよく見。という御製が万葉集にも見られるのである。

それは静謐であり爆発であった。佇まいというものの風化した光景寸前の式形であった。和の終焉であった。いずれにせよ、それは滝に蛇口と小便小僧、と同じ意味を持つものであった。

そしてその戸口・玄関口の脇に、方一尺ほどの木の看板が立てかけてあった。

戦慄した。

看板には、赤地に白字で、天願屋、と書いてあった。

私は、てんがんや、と呟いて暫く動けなかった。

第二十六回
私を棄て「原ヘラルド」となる

天願屋の和の終焉のような、静謐な爆発のようなブロンズ色のアルミサッシ、ありきたりで安手な建材に主人の、滝壺も小便小僧も存在しない。あなたがこれから食べるラーメンなるものも、ひとときもじっとせず変転し続ける一瞬のマボロシに過ぎない、という真のメッセージを感じ取った私は、その扉に手をかけた。

ガラガラガラ。こんにちは。ああ、おまえかい。まあ、こっちお入り。

そんな気楽な展開にならないのは当然、予測されたが、
ガラガラガラ。こんにちは。いらっしゃいまし。奥へお通り。または、いらっしゃいませ、こんにちは。天願屋へようこそ。何名様でございますか。一人。お煙草はお吸いになられますか。吸いません。では、こちらのお席でどうぞ。

ということにならないのもわかっていた。

なぜなら、かかる滝壺に小便小僧といったハードなことにトライしている、天願屋主人は

かなり厳しい考え方の持ち主であり、ここでラーメンを食す、というのは単に空腹を満たすとか、もっと言うと、おいしいものを食べて快楽を味わいたい、なんてふぬけたことではなく、もっと厳しい、修行、のようなものではないか、と思うのだ。

例えば禅宗の修行というのは厳しいものらしく、修行の旅に出て、お寺に行って修行させてくれ、と頼んでも、ボロクソに罵られたり、どつき回されたりして門のなかにすら入れてもらえぬ、という話を聞いたことがあるが、まあ、そこまではしないにしても、仏とはなにか？　と質問をされ、答えられないでいると、ピシャ、戸を閉められる、というくらいのことはあるかもしれない。

そうなったら僕は気が弱いからきっと泣いてしまうかもしれない。

そうならないためにはどうしたらよいか。まずなによりも大事なのは執着、特に自分への執着を棄ててしまうことだ。

そのためにはどうしたらよいか。それは自分を棄ててしまえばよい。というと素人は、それは死ぬことですか、と問うてくるが、そうではない。自分を棄てても命は残っている。しかし、それを操作・操縦する自分の考えとかを棄てるに過ぎない。しかし、自分がなくなるとデクノボーのようになってしまって、社会的に振る舞うこともできない。

そこでどうするか。自分ではない、別の人を持ってきて、そこに乗っければよいのだ。そうすればそれは自分ではないが、一応、まとまったひとつの考えを持って行動しているので、命を操作・操縦して社会的に振る舞うことができ、また、自分ではないので浅ましく執着するということもない。

そんなことで私は自分を棄て、別の、そうさな、仮に原へラルドということにしておこうか、原へラルドになったという心で、玄関の引き戸を開けた。

ガラガラガラ。

開けてみると、なかはまさに一般住宅で、三和土があって高い式台があって式台の前に石が据えてある。

玄関から奥に向かって廊下が延びており、右側に座敷、また玄関のすぐ右も玄関の間のような板敷きになっているらしい。ちょいとのぞくと、そこに、昭和な感じのダイニングテーブルと椅子が置いてあり、テーブルのうえには割り箸をさした壺や五味台が置いてあった。

ということはここがメインダイニングなのか。或いは、奥の座敷がメインダイニングなのか。と、原へラルドの脳で思考していると、奥座敷から上品な感じの女性が廊下へ出てきて、訝しげな、この人はなぜうちにやってきたのかしら、と言いたげな表情で、両の手をややひらげ、上体を横にかしがせ、ちょっと離れた廊下の中程からこちらの様子を窺っているのは、或いは、押借・強請の類とでも思っているのかもしれない。

そんなのに間違われて、ひょっと通報でもされて、そしたら、こちとら原ヘラルドだ、と言っても御仏の道など齧ったこともない野暮な警察に通じる訳もなく、ちょっとアレじゃないのか、と言われて尿検査されたり、精神鑑定を受けさせられたんじゃあ、たまらない、客だとわかってもらわなければならず、私は明るく、「やってますか」と問うた。

なんだかひっそりして、他に客もないようだが、いまは営業中か？

と問うたのである。

こういうことを言えるのも原ヘラルドをやっているお蔭である。というのは、棄てた私は職掌柄か、それとも先天的にそういう偏頗(へんぱ)な性格なのか、日常の言葉遣いにきわめて厳格で、もし私が人に、「やってますか？」などと、いろんなことを省略した形での質問を投げかけられたとしたら、「誰がなにをですか」と、鬼のような顔で聞き返すだろうし、ましてや自分が、そんな曖昧な質問をすることはなく、例えば、

「二点、うかがいたい。まず、私はここがラーメン店だと思ってやってきたが、ここはラーメン店か。或いは、一般住宅なのか。次に仮にここがラーメン店だとして、いまは営業時間内なのか。或いは、営業時間外なのか」

と問う。

と字で読めば、質問は明白であるが、ところが、世間というところはおかしなところで、

そうして正確に問うたら相手に質問の内容が伝わらず、逆に、やってますか、なんて曖昧に伝えた方が伝わりやすい場合が非常に多く、棄てた自分はそれで随分と苦しい思いをしてきたし、悲しい思いもしてきた。

また、この場合、事態はさらに複雑で、私はこれにいたるまでにすでに、営業中、と大書した幟旗を見ている訳で、店が営業中であることは既にわかっている。にもかかわらず、やってますか、と尋ねるのは、自分が不審者、押借・強請の類ではなく、客であることを店側に認知させたいがためである。

棄てた自分であればそんなぐにゃぐにゃした、ホステスの策略みたいなことはけっしてしない。ど正面から、あなたは私を不審者と疑っているがそは誤り、私は客である、と言う。

しかし、そうした堂々の議論も世間では通用しにくいのもまた事実で、例えばかつて泰(タイ)のバンコックというところで高級ホテルに宿泊していた際、なかに入ろうとして門番に物乞と思われて制止され、ど正面から、乃公(おれ)はこの家の客じゃ、と覚束ぬ英語で言ったが話が通じず、その後、ちょっと口で言えないような目にあったことがあるのである。

しかし、いまは原へラルドなのでそんなこともやすやすと言える。

そしてそう言った結果、女の人はただちに疑いを解き、はい、やってます。と答えたのであった。

女の人は洋装ですらっとしていて、上臈のような感じの人で、私を室内にまねきいれるような仕草をした。

しかし、さっき階段を昇っているとき、玄関の右の細い庭の向こうにテラス席のようなものがあるのが見えた。

棄てた私であれば日本人なので、野天にて飯を食べるということはあまり好まぬ。というか、やはりここにやってきたのはラーメンもそうだが、建築にも興味があった。

だから中味も見てみたいのだが、自分はいま原へラルドで、原へラルドには原へラルドの考え方がある。

というのは、名前を見てもらったらわかるが原へラルドは純粋の日本人ではなく、ヨーロッパ人の血が混じっている。そして六本木とかに行くと寒い冬でも、クルマの騒音がやかましくても外の席で飯を食べている人があり、なにが悲しいてこの寒いのに外でメシ食とんねん、と思ってみると大抵はヨーロッパの人で、つまり、半ばはヨーロッパの人である人は野天で飯を食べるのを極度に好むのである。

ということは原へラルドである私はテラス席に座りたい。

そこで私は上臈に、「テラス席大丈夫ですか」と言った。こんな、テラス席が怪我か病気をしたみたいな言い方は棄てた私ならばけっして言わぬ。しかし、いまは原へラルドなので言った。

したところ上臈は、大丈夫です、と言った。このまま原へラルドでいった方がよほど生きやすい。

てなことで、いったん表へ出て、右の通路、飛び石が打ってあるところを通ってテラス席に向かおうとした。当然、上臈も一緒に来ると思ったら、上臈は来ないで奥へ入っていった。

そして、「お客さん、お客さん。外がいいんだって」という声がして、その奥から狼狽し、そして混乱したような気配が伝わってきた。

なんだろうと思って、玄関の右の通路に面した窓を見るとそこに男性の姿があった。

男性は芸術と宗教、その中間的なことをやっている、みたいな顔をしていた。そこに私は畏怖を覚えた。上臈は私を受け入れてくれた。しかし、この人はどうなのだろうか。私を受け入れてくれるだろうか。

ダメだったら原へラルドを棄ててまた別の人間になるしかないな。

そんなことを思いながらテラス席へ向かった。

通路の先の砂利を敷いた駐車場のようなところの左手に二十畳大のテラスが作ってあった。テラスは母屋の掃き出し窓に面し、手前側に三畳くらいの赤いペンキ塗りの小屋が乗せてあり、その奥にガーデンテーブルとチェアーが2セットあった。

左に回り込んだ。小屋の壁に横長の窓が穿ってある。窓の下には白いペンキを塗った奥行き一尺くらいのカウンターが作ってある。

なかを見ると、鍋や包丁、俎（まないた）といった調理器具があって、どうやら母屋ではなく、ここでラーメンを調理するらしい。また、金銭登録機もあった。そして、窓と反対側の壁には出入り口があり、母屋の側にも裏口があって、その先は先ほど見た昭和なダイニングテーブルセットが置いてある席なのである。

上臈がまだ出てこないので、勝手に通って、二脚あるガーデンテーブルの手前側に座った。

正面はいまも言うように砂利を敷いた駐車場のようなスペース、背後は母屋の掃き出し窓で、これを開放すれば、先ほど見た廊下の先の座敷とテラスが一体化したような開放的な客室空間ができるが、閉め切られ、また、白いレースのカーテンが引いてある。おそらくそうしないのもなにか深い哲学的な意味があるのだろう。

駐車場のようなところの一角には角材が積んである。また、テラスは真新しく、ことによるとこのテラスはいまだ建築途上で、屋根はなくパーゴラのようだが、もしかしたらここに屋根を張るのかもしれない（この推論が正しかったことが後に思いがけず証明される）。

そして、なにより驚いたのは、その駐車場のようなところが道路に面していたということである。

そう。私は道路に面したところに駐車場がないのでこの店を訪おうとして果たせなかった。ところが道路に面して駐車場のようなところがあったのである。

これは二重三重に訳のわからぬ事態である。

まず、私はここを駐車場のようなところだと思っていて、駐車場とは思っておらなかった。なぜなら、そこが道路に面していないからである。道路に面していなければそれは駐車場としての機能を果たせない。しかし、道路に面している以上、そこは正真正銘の駐車場である（このことは後に思いもよらず証明された）。

だったらそれでよいじゃないか。ただの勘違いじゃないか。というようなものだがそうではなく、思い出してほしい。私は急な石段を昇ってここにたどり着いたのだ。ということはこの、先ほど私が走っていた道路と垂直に交わる道路は、私の前方に陸橋のような形で存在していたはずだが、誓って言う。そんなものはなかった。

ということはこの道路は、空中に浮かぶ幻の道路ということになる。

というか、道路というより、あの石段より先はすべて幻の空間、異界、ということになる。

私はついに異界に紛れ込んでしまったのか。

そんなことを思いながら私は改めてあたりを見渡した。

第二十七回
混沌の先に真の汁

不思議の国に迷い込んでしまったような気持ちであたりを見渡しているうち、そのあまりの不可思議に、いつの間にか私のなかから原へラルドが消え、私は本然の私に戻った。ずんっ。私の重さを私は感じた。しかし、それは仕方のないことである。原へラルドなどという、架空の人格ではなく、自分には自分の生活史、人生というものがある。人はそれから逃れられないのだ。C'est la vie それが生きていくということなのか。

そんなことは儂は知らぬが、そんな人生を生きていることに違いはない。

なんて柄にもない、人生とは、生きるとは、みたいなことを考えたのはここのこの空中幻想道路に面した異界に紛れ込んだためだろうか。

まあ、よい。郷に入りては郷に従え、ここは異界なのだから普通の界における自分の柄など気にしておっては精神が持たない。

さあ、メニューを検討しよう。ラーメンは全部で四種。てんがんラーメン・六〇〇円、塩・六〇〇円、大蒜（にんにく）・七〇〇円、叉焼・九〇〇円である。その他に麺の部には焼蕎麦。米飯の部には、カルビ丼、ライス、結び、ライスカリー。その他の部に、餃子、焼売、田、湯豆腐、〆鯖、馬刺、ホルモン焼、サラダ。飲み物の部に焼酎カクテール、コーラ、オレンジジュース、緑茶、ウーロン茶。デザートの部にバニラアイス、小豆アイス、大判焼。があるのである。

しかし、私の腹は決まっていた。

私はラーメンを食べようと思っていた。

なぜなら、下の現実の道に立っていた幟に、ラーメン、とあったことからも知れるように、ここがラーメンショップであるからである。

ラーメン店ではラーメンを食べる。私はそんな真っ直ぐな人間だ。というか、そんな真っ直ぐな人間でありたいと常に思っている。

しかし、なかなかそうもいかないのは、いまの世の中がそんな風に真っ直ぐに生きられないようにできあがってしまっているからだ。

例えば、ドーナツ屋とハンバーガー屋とフライドチキン屋の関係がそうだ。

それぞれが真っ直ぐにドーナツ、ハンバーガー、フライドチキンを商っておれば平和裡に共存することができるのに、「いや、ドーナツだけ商っておったのでは限界がある。ここは一番、ハンバーガーも拵えて売ろう。そしたら、おまえ、あのハンバーガー屋の客もこっちきて、げひゃげひゃに銭が儲かるやんかいさ」なんて嘯いてハンバーガーを売り始める。

なかに、「そんなことをしたらハンバーガー屋はんが困惑しはるんとちゃいまっか」と進言する人があっても、「構うことあるかい」などと言い、さらには、「潰れたら、その客がみな儂とこ来るやないけ」などと暴言を吐く。

ハンバーガー屋はハンバーガー屋で同様のことを考え、フライドチキンを売り始める。フライドチキン屋も対抗策として、ハンバーガーやドーナツを売り始める。

その挙げ句、仕入れや手間が増える割にパイは変わらないので大して儲からないし、競争が激化してみなが疲れていく、みたいなことになる、そんなギスギスした世の中なのである。

一方、じゃあ、客はどうかというと、客も結構曲がっていて、ハンバーガーも食べたい。しかし、同時にフライドチキンも食べたい。という貪婪というか、胴欲というか、そんな気持ちを抱いていたり、妙に通ぶって、「いっやー、実はフライドチキンやチキンバーガーというのが実に乙な訳よ」などと嘯くなどするのである。

こういう変化球というか、ちょっと曲げた態度をとることがクールだ、恰好がよい、という風潮もあるということである。

そういうときみてみてください。そういう人の笑顔を。口の端が変な具合に曲がっていますよ。

なんて、とにかくいろんなことが曲がった世の中で真っ直ぐな姿勢を貫くのは難しい。

しかし、たとえそれが赤信号であっても大勢で渡れば恐怖を感じない、などと嘯いて、口を曲げて笑いながらいろんなことを曲げていくと、どうなるか。

個々人の心が曲がり、そして国家も曲がる。民族も曲がる。みんなで曲がりながら曲げわっぱを作って寂しく暮らす、ということになりかねない。

或いは、一部の中毒者はある種の合成麻薬のことを、曲がり、という隠語で呼ぶと聞く。みんなで曲がる。おそろしいことだ。

と、まあ、そんなことで私は可能な限り直球主義で生きたいのだ。なので私には野球の投手は務まらない。なぜなら直球しか投げないのですぐに球筋を読まれてしまうからだ。

同じ理由でバレーボールの選手にもなれない。

なぜならフェイント攻撃などという、曲げ、は絶対にやれないからだ。

というか、あんな疲れることを毎日のようにやらなければならない選手になんぞ、なりとうもない。つか、まあ、向こうでも私を選手にしたくもないだろうがな。

ということで私は、ラーメン店に入ったのだからラーメンを頼むことにしたが、さて、ここで私は、ある疑問に突き当たった。

それは、大滝に小便小僧を現出せしめるほどに、宇宙の有り様を精確にとらまえている天願屋が、なぜに、ラーメン以外に、焼蕎麦、ライスカリーなどといった夾雑物を供しているのか。

焼酎のカクテールやその肴のようなものを供しているのか。

それは、焼蕎麦屋、カリー屋、居酒屋などに赴く客をもラーメンショップたるわがの店舗に引き入れ、銭を儲けたいという浅ましい根性の表れなのではないのか。

この世も自分も存在しない。一切は空である。などと仰山たらしいことを言いながら、その実、凡百のハンバーガー屋やチキン屋とえろう変わらぬ、ただの大便小僧に過ぎぬのではないか。

という疑問である。

だとしたらこんなところで真剣にメニューを閲している私はただのアホンダラちゃん、スイカ割りをしていて誤って海に転落してあがいている青春パンクみたいに滑稽な存在ということになる。

しかし、私はそうでないと信じる。

こんなところに異界を作り上げ、存在しない道路まで現出せしめている天願屋主人がそんな珍毛な男である訳がない。

では、これは一体全体どういうことなのか。

しかと申し上げる。

私はこれは、混沌、の表現であると思う。

混沌。すなわち、この世の始まる前、天と地が分かれておらず、時間も始まっておらなかったような、そんな状態をメニュー上に表そうという意欲の表れではないだろうか。

時間。空間をすべてシャッフルして一鉢の丼の中に入れて提示する。いやさ、その丼さえ、もわもわとして、なにだかわからない。

そんな境地にいたって初めて人は、ラーメンというものと真に向き合う、などということがけっしてないということを知る。真に知る。しんしる。それは、真の汁、すなわち、真のラーメンの汁、ということであり、しんじる、信じることによってそれが現れる、という深い信仰の奥義を表しているのである。

なのであえてメニューにいろんなものを入れている。

というと、口を曲げてニヤニヤ笑いながら、「いっやー、どうかなあ。深読みじゃね？」などという人がいる。

そういう人に私は、はき、と申し上げる。極寒の国で腸捻転ごっこでもいたしていたらどうですか？　と。

私らにそんな、信、のない人にかかわっている時間はない。

さてなので本当は天願屋主人は、メニューにカリーやホルモン焼だけではなく、紅葉饅頭やしょっつる鍋、鯖のグリル、フォンデュ、ボラの唐揚げ、てっちり、鮒鮨といったようなものも載せたいし、もっというと、そうした食品だけでなく、ルイ・ヴィトンのバッグやBMW、ギターの弦、ズワイガニの模型、演技グッズ、算盤、アンダーウェアー、土地、撒水ホース、分度器、斧、パソコン、福原愛と卓球できる権利、見知らぬおっさんとサシで飲む権利、壺、といったようなものも載せたかったに違いない。

しかし、そこまでやるとどうしても経営の規模というものが大きくなってしまうが、経営規模の拡大は枯淡の境地にある主人がもっとも嫌うところなのでこの程度に止めおいたのであろう。

そして混沌を知るために実際の混沌は必要ない。

すべて、ヴィジュアルで、本当らしく表現しないとわからない、というのは視覚文化に毒された現代人の知性の堕落の表れである。

そういう奴は、映像表現に凝りに凝り、ひたすら鬼面人を驚かすシーンが連続するが、その実、物語の骨子をなす考えはきわめて単純な映画をみて感泣しておればよい。

　ということで私はラーメンを食べることにする。混沌のなか、真っ直ぐに。食べる。文句ある奴はこいっ。

第二十八回
作業衣を着た高潔な魂

天願屋で私はラーメンを食べようと思った。それはひたすらこの世に正道、すなわち正しい道が開けていく、正しい道のインフラが整備されて、全国に正しさの道路網が広がっていけば、全国に正しさが運ばれていく。それにはなによりもまず、道路網の整備が不可欠なのであります。

その一環として私は簡潔に表現された混沌のなかでラーメンを誂えるのだけれども、さて、しかし、ラーメンなればなんでもよいという訳ではない。なんとなればラーメンにも、塩、叉焼、大蒜といった様々の、曲げ、があるからである。

そこで私が選んだのは、コーヒー屋でいうところのハウスブレンドとでも申すべき、てんがんラーメン、である。これこそが天願屋主人が、いっさいなにひとつ曲げずに、みずからの信じる正しい道を遺憾なく発揮したラーメンに違いないと思うからである。

理由はとてもシンプルだ。

天願屋に参った。なので、てんがんラーメンを食べる。きわめて真っ直ぐな太い正しい道だ。

それをしないで、口元を曲げ、どこかしら卑怯な感じのする笑みを浮かべ、「いっやー、どうかな、あえてそれを避けて裏メニューを選択する方がいんじゃね？」などというのは曲がりくねった細い裏道だ。

それを通ったことによって得をしたか損をしたか、それは後になってわかることだ。身を以て知ることだ。一時的に人を出し抜いてよい思いをした、と思うかもしれない。しかし、細い道が運べるものは僅かである。

徳川家康公は人の一生は重い荷物を背負って遠い道を行くようなものじゃん？　と発言したが、私はそれに付け加えて、その荷物の質と量にも拘りたい。

正しい太い道を通れば人の役に立つ正しい物資を大量に運ぶことができ、ものの役に立つ人間になることができ、安楽な老後を送ることができるが、間違った細い道を通れば、質の悪い覚醒剤をほんの少ししか運ぶことができない、使えない運び屋、みたいなことになってしまい、終いには埠頭にプカプカ浮かぶ、なんてなことにもなりかねない。

そんなことにならないためにも私は正道中の正道である、てんがんラーメン、を選択したし、この小さな輪が国民の間に広がっていけばよいなという祈りにも似た気持ちを持っている。

また、右の私の主張に、「なんか間違ってる」とか思う人はＴｗｉｔｔｅｒとかでそれを言っていけばよい。私は私の信じた道を突き進む。その速度は弾よりも速い。そう、あのエイトマンのように！
などと力みかえっていても仕方がない。私は上臈を呼んで、てんがんラーメンを註文した。と、そのときである。異界に続く、天空幻想道路の彼方から一台の軽トラックが忽然と現れ、私が駐車場のようなところと思っていた漠然としたスペースに滑り込み、駐車した。果たして、駐車場のようなところは駐車場であったのである。あはあ、やはりここは駐車場であったのか。床しいことだ、と慨嘆と、心に深く感じていると、軽トラックから六旬まりの、作業衣服、護謨(ゴム)長履の小柄な爺がふたり降りてきた。

私は異界の人間ではなく、ふたりにとっては汚れた現実世界からの侵入者である。なので、「この穢らわしいエイリアン！」みたいな目でみられるかと思った。

なぜかというと、もし逆の立場であったなら私はそんな目で侵入者をみると思ったからである。ところが、ふたりは特に気にした様子もなく、だからといって迎合する訳でもない、異界からやってきてそこに座っている私を、自然界に存在する他の一切と同じように許容、すなわち、意識もしないし無視もしない、という態度で私の前を通り過ぎ、駐車場の脇に積み上げてある材木に腰掛けた。

このときふたりは、テラス席の全体像を眺め、「おわお、だいぶできてきたね」「そうだね」と言っていた。そのことから私は、このふたりが、尋常の人間でないことはわかっていた。

しかし、そのわかり方が浅かった。俺は浅瀬でちゃぷちゃぷして自分が水練をしていると信じている小児のような存在だった。

なぜなら、そのとき私は彼らを、この家に雇われた作業員だと思っていたからだ。

もちろん、この世の発想法で言えばそれは間違った考えではない。デヴィ夫人みたような毛皮を着て、ベントレーから降りてきて、案内をされて椅子に座ったのならいざ知らず、作業衣を着て軽トラックから降りてきて、駐車場の隅の資材のうえに腰を下ろしたのだから。

ところがそうではなく、彼らは客であった。

なぜ、それがわかったかと言うと、彼らの姿を認めた上臈が、「あら、いらっしゃいませ」と言ったからである。そして上臈は続いて、「そんなところに座っていないでこちらにいらっしゃい」と言って、二脚あるテラス席の、駐車場から見て右側の席に招いた。すなわち、予の左隣の席である。

それに対する、ふたりの返答を聞いて拙者の心は震えた。魂がテネシー州まで飛んでいって、平曲を語って、それからマッサージパーラーに寄って、それからエコノミーで帰ってきた。

彼らは、なんと言ったか。どうか、驚かないでいただきたい。

彼らは、「いやあ、俺らはここでいいよ」と言ったのである。

なんという高潔な魂であろうか。いやさ、魂の魂であろうか。

彼らは客である。客ということは銭を払うということである。この銭を払うという一事を以て現世の人間はどれだけ偉そうにしているだろうか。

例えば、豚肉生姜焼き定食、サラダ付味噌汁付、と品書きに書いてあるのを註文したとする。ところが店の人が、ちょびっとだけ、うっかりしてサラダを持ってくるのを忘れたとする。

そのとき銭を払っている客の多くは、「おれのサラダ付、どないなってけつかんのんじゃ、殺すど、こらあっ」と怒鳴るに違いない。

いえ、私は上品なセレブリティーなのでそんな下劣な言辞を弄することはおまへぬ、と言う人もあるやもしらぬが、それはそれ、上品な言説で抗議をし、「いや、俺はいいよ」とは言わぬに違いない。

或いは、もっとささいな、ほんのちょっとの気に染まぬ態度に対しても、「俺は客だぞ。

客に対して、その態度はなんだっ。客を舐めるな」と、激昂する。

　しかるに彼らは、客で銭を払っているのにもかかわらず、いや、俺らはここでいいよ、と言って材木に腰掛けているのである。

　こんな奥床しい謙虚な態度の人間を小生はこれまでみたことがない。

　私の胸は感動で張り裂けてなかからチャンバラトリオが出てきて張り扇チョップをするみたいな感じになっていた。

　私は心に誓っていた。向後は、どんなに銭のかかる高級なレストランに行っても床に座り、俺はここでいいよ、と言おう、と誓っていたのだった。

　誓いは永遠よ。

　そんなことをアニメーションに出てくる魔法の少女のような感じで言い、彼女らが意図的な感じでパンチラをしているのはファンの方々への無償の愛なのだろうか、といったようなことを考えていると、彼らはさらなる感動を僕ちゃんに与えてくれた。

　僕を感動させたのは彼らの註文の仕方である。

　彼らは上臈に、「ラーメン、ちょうだい」と、註文したのである。

　なんという端的な註文の仕方であろうか。大蒜、とか、叉焼、とか、そんな混沌なんて知らない。っていうか、それがなんであろうとラーメンであれば自分はそれを受け止める。なぜなら自分はラーメン屋にきているのだから。

これが悟りでなくてなんであろうか。

俺が誰であろうと俺は生きる。なぜなら生きているから。或いは、この世界がどんな世界であろうとそれを引き受ける。なぜならこの世界はこの世界だから。

といったような、もう自分なんてない世界。それがなにラーメンかなんて気にしない、考えない、ただラーメンとして食す。というか、自分自身がラーメンそのものになっていくようなそんな極致のような生き方。それをこの人たちはあたりまえのようにしているのだ。

私は再び心に誓っていた。

私は向後、どんなレストランに行っても、「ごはんちょうだい」以外の註文の仕方をしない。どんなソムリエが来ても、「お酒、ちょうだい」しか言わない。

誓いは永遠よ。

私はもはや穿いていたデニムのチャックを降ろし、たれにも望まれないパンチラをしそうになっていた。

第二十九回
天願屋の繁栄は人類の繁栄

私は彼らにならい、同じく、「ラーメン、ちょうだい」とオーダーした。

凡百の見世であればここで、「はあ？　単にラーメンなんて言ってもわかりませんよ。うちには何種類もラーメンがあるのですよ。ただ単にラーメンと言われてもシェフが困惑します」と、都会の人間が田舎出の人間を見下すような目つき顔つき口ぶりで言うに違いない。

或いは、レストランに参って、「ワイン、ちょうだい」と言っても同一であろう。

というか、赤か白か、という根源的な問いを問われる。

こちらの、そんなことはどうでもよい。結果として美味なるワインを飲めればよい、いやさ、美味である必要すらない、ただ、ワインを飲むという行為さえできればよい、という超越的な気持ち、透徹した感覚、崇高な存在であろうとする存在のその意志さえ打ち消した、素晴らしい、いや、素晴らしいとかそういうことさえどうでもよいと思っている心の感覚、をまるで忖度（そんたく）しようとせず、道端で生のタロイモを齧りながら見苦しい鼻水を垂れ流している醜く鈍感な子供のようなのである。

　ばかっ。鼻水がタロイモに垂れて見苦しいのじゃ。と、叱咤したいような気がする。

　しかし、天願屋の上臈は、あたりまえの話ではあるが、そんな野暮なことは言わない、「ラーメンですね。はいわかりました」と、言って調理厨房の方に歩いていき、私のオーダーを通した。その通り方はきっと地方に新幹線が通ったくらいに凄いことでもなく、家の前を猿が通ったほどのことでもなく、ただただ、当たり前に通る者が通っていく、という天下万民が感じている平凡な感覚のなかにこそ、夢幻の幸福が宿る、という教えに通じているのだろう。

　その教えを誰が言っていたかはいまは僕は忘れている。

　もしかしたらそんなことは誰も言っていないのかもしれない。

　でもいいじゃないか。そんな教えの存在がラーメンの鉢底から自然に溢れてくる。湧出してくる。それこそが、ぼくらの天願屋流スタイルなのだ！

　そんなことを頭のなかで思いながらラーメンの出来上がりを待つ。しかし、ただ待っているのも芸がない。かといって読むような本も持参しておらない。

　そういうときに日本人でよかったなあ、と思うのは日本人には俳句という文芸があるからで、こんなときこそ俳句を作ったらよいのだ。

ラーメンに魂宿す菫かな。上臈のすぐそこにあるうしろかげ。ぼんくらもほとけもたぶる葱叉焼。

そんなようなことを言いながら生きて死ぬる。ははは。だいぶ俺の脳も出来上がってきた。煮汁が沁みてきた。このまま、この天国に生きるのも一興かな。天人の国に蒲公英（たんぽぽ）ありぬべし。

そんなようなことをしている、まさにそのときである。

向こうの方から国産の自動車が走行してきて、天願屋に至って停まった。あはあ、お客だな。千客万来。素晴らしきことだ。

と、私は喜んでいた。喜びまくっていた。

なぜなら天願屋の繁栄こそが人類世界の繁栄と心の底から信じきっていた、いやさ、信じまくっていたからである。信。それこそが世界と自分を救う、無限の幸福に導くただひとつの道だ。ラララ、僕はその道を進んでいく。アリャリャ、その道を進んでいく。ドストエフスキーの文庫本なんて田の脇に捨ててしまおう。田に捨ててはならないよ。なぜなら、田を作る人に迷惑がかかるから。米の味がまずくなるから。

もちろん、僕らは米がまずくたって文句なんか言いやしない。だからといって農家の方に迷惑をかけても構わないという訳でもない。

もちろん、国民全員が天願屋の心を共有していたら、田のなかにドストエフスキーの文庫本が落ちていようが、田山花袋の初版本が落ちていようが、かまうこっちゃない、楽しく稲作をすることができる。

もちろん、そんなことを僕は望んではいないのだが。

この、もちろん三連発を三十回繰り返せばこの国は変わるのだろうか。結論から言えば、まったく変わらない。それが、天願の理論なのである。

まあ、そんなことはどうでもよいこと。とにかく僕は喜んだ。天願屋の繁栄。賑わいを心より、喜んだのだ。

そして、今度はどんな、どのような天人が来訪したのだろうか。或いは天女か。そうしたら僕は謡曲を謡うべきだ。

そがいなことを夢想しつつ注視していた、国産の自動車から出てきたのは、作業衣を着た大きな男の人だった。

作業衣と言えば、先ほどの方々も作業衣を着ていたが、その趣が微妙に異なっていた。先ほどの人たちの作業衣は、土や材木といったナチュラル素材を扱っている感じの作業衣であったが、こんだな、光ファイバーやガス管、水道管といったインフラ系の素材を扱っている感じの作業衣なのである。

そして、その面貌も少しく異なって、先ほどの人たちの素朴でありながら神仏の領域に自在自由に出入している感じがあまりなく、どちらかというと、ぬらりひょんというか、ぬりかべというか、ロリコンでずぼらで株式投資で巨額損失を計上している経済学の教授、のような、妖怪変化の領域に不本意ながらカテゴライズされている、といった面貌なのである。そんな顔でありながらも心はきっと優れているに違いない。

そんな祈りにも似た気持ちで成り行きを注視していると大きな男は品書きを手にとり、注文品を検討し始めた。

ははは。そんなに検討しなくともここでは、「ラーメン、ちょうだい」それで事足りるのだよ。まあ、すぐに気がつくだろうけれどもね。

そう思って男の横顔を豚がチャーハンを作っているときのような眼差しで俺はみつめていたっけ、そしたら、男、なんじゃらほい、なにか困惑したような途方に暮れたような表情をしている。どうしたのだ、男。困惑するようなことなんてなにもないじゃないか。ここは仙境なのだよ。

もはや声に出して言いそうになったとき、上臈が水を持ってやってきた。

水の恩。そのことを改めて感じながら仏に感謝しながら私は水を飲み、ホットになった心を冷却した。レイキャビックにいくこともいずれあるのだろう、と感じながら。

そのとき男が上臈に、なんだかモゴモゴした、山形弁とフランス語を混淆したような言語で、何事かを尋ねた。

そんな言語なのでなにを言っているのかよくわからないのだが、どうやら焼そばの分量についてどうのこうの言っているらしく、上臈は困惑したような表情を浮かべていた。

そりゃあそうだろう、こんなところで焼そばの分量を尋ねるなんてお門違いもいいところだ。はっきり言って、焼そばがただの一本、その脇にキャベツ一片、その脇に微量の紅生姜と青海苔が添えてあったとしてもこれをよしとする。運命の儘に受け入れる。或いは、麺だけで六キログラムあったとしても、これを笑って受け入れる。

それが天願流のスタイルである。宇宙のロックンロールである。

みんながそのことをわきまえて参集している清浄なこの場所で、このぬらりひょんはなんという浅ましいことを言っているのだろうか。

驚き呆れていると、こんだ男、もっと凄いことを言い出した。

男は、「おむすびは百五十円としてあるが、いったい百五十円で何箇なのか」と問うてまいよったのである。

上臈はあまりのことに顔を真っ赤にして、「ふたつです」と、答えた。

百五十円でふたつ、か。男は呟き、さらに天地が張り裂けるようなことを言った。

「その、おむすびの大きさはどれくらいか」

と問うたのである。

上臈は卒倒しそうになりつつも気丈に堪え、手振りで、これくらいです、と答えた。

男は、うーん、と唸って黙り込み、メニューを眺め、溜息をつき、むずかる小児と困難な実験に取り組む物理学者を足して二で割ったものに生ゴミをふりかけたような表情で、「じゃあ、焼そばとおむすび」と言った。

こ、こいつはっ。

私は思わず呟いた。

第三十回
静謐なラーメン

清浄な天の魂が集う天願屋に現れ、定量的な議論を吹きかけて上臈を困惑させたぬらりひょんはそも何者なのか。

私見であるが、おそらくはこの清浄な世界を破壊すべく派遣された、悪の使徒であろう。

ある調和を保った世界には必ずこういう者が現れる。

例えば、みなでピースな雰囲気で楽しく飲んでいるときに、政治を論じ、人生を論じ、悲憤慷慨するなどして、ひとりで雰囲気を壊し、その場の調和を危うくする奴が出てくる、みたいな。

こういう場合、どうしたらよいだろうか。

よくある態度は、こうしたものを批判するという態度だ。

みんなで楽しくやっているのに調和を乱すというのは間違っている。と発言する。そうだ、そうだ、と同調する者が現れる。ぬらりひょん非難決議を全会一致で可決する。

という態度はしかし無効である。なぜならそうしたギスギスした雰囲気こそが、悪の化身・調和の破壊者の望むところであるからで、そんなことをしても向こうが喜ぶだけである。ならば。というので、ただ言論で批判するのではなく、一歩進んで武力でもって悪の化身を滅ぼしてしまえば、撃攘・排攘してしまえばよいのではないか、という議論に当然なる。仮面ライダー、ウルトラマン、レインボーマン、人造人間キカイダー、赤胴鈴之助、鉄人28号、マグマ大使、といった説話ドラマは、みーんな、そうしたことを描いている。

しかし、これもまた無効である。

なぜなら、その調和を保った集団からエネルギーが外部に発せられたら、内部と外部の均衡が壊れ、調和が内側にへこみ、また、エネルギーが大きかった場合は、調和は完全に壊れてしまい、力の放出のそもそもの目的が達成せられないからである。

だったらどうしたらよいのか。

どうしようもないじゃないか。

しかり。どうしようもない。

調和に悪の粒子がぶつかってくることを止めることはできない。

では、調和に悪の粒子がぶつかるとどうなるかというと、調和が不安定になる。しかし、不安定なものは安定へ向かう。というのは、たとえそれが不安定なままであったとしても、不安定な状態に安定する、ということである。

　つまりこれは調和が別の形に変化した、ということである。

これにいたって私たちは、ああ、そうか。そういうことだったのか。よかった。よかった。

と言うことができる。

え？　そうなの？　と訝った君は、そもそもの天願屋のコンセプト、ことにあの小便小僧の君臨する滝壺のことを想起すべきである。

そう。すべてのものは変わる。変化する。いまここにこうしてあるものは、それはすべて、儚い命であろうが、峨々（がが）たる嶮山（けんざん）であろうが、すべては仮の姿でしかない。いまの、たまたまの現象に過ぎない。あの小便小僧はそう教えていたのではなかったか？

　ならば、調和がなんであろうか。

そこにぬらりひょんがぶつかってくる。あたりまえのことである。それをあたりまえのことと受け止め、調和が別の形に変化していくのに、耐える、のではない、それを当然のこととしてというか、その変化の主体としてそこにある／いるというふたつのことを行うのが天願屋でラーメンを食べることの主眼である。ぎりぎりの肝要である。

　そんなことにも気がつかないで自宅で紅葉まんじゅうを食べながら争闘主義を主導することを夢に見つつ、初版三千部の本を出して女弟子を口説いているような口舌の輩は、ぬらりひょんの口撃を受けて即死するだろう。

そしてまた、右のようなことを思うとき、そもそも調和とはなにだろうか、ということを僕は考えてしまう。

それって、調和とか言って、いい感じの事柄のように言っているけれども、単なる趣味のサークルなんじゃない？　仲良し三人組なんじゃね？　と思ってしまうのである。

そんなものを後生大事に抱いて人生を空費するのは馬鹿げている。

つまり、ぬらりひょんと争闘する必要はない。といって、これをことさら歓迎する必要はない。

ぬらりひょんがぶつかってくることを事実として淡々と受け止め、これによる変化を、変成を丸ごと受け止める。自分を世界に向けて開いていく。そのことによって自分を無くする。それこそが天願、そうまさに天の願い、天へ向けた願い、天から自らに向けられた途方もない願い、なのだああああああああああああああっ、と気がつけば私は絶叫しているのだろうか。

いや。しない。

それはあくまで、あくまでも一杯の静謐なラーメンなのである。しかし、その静かな佇まいのなかに無限の、核燃料のようなパワーが蓄留しているのである。

というと、蓄留などという日本語はない、と指摘する不粋なぬらりひょんが集団で襲ってくるだろう。ははははは。あはははははははははは。あほほほほほほほほほほほ。そんなことすらこの典雅な、そして同時に卑俗な、暴力的でありながら同時に無限に優しく無限に悲しい、何もかもを振りかざしつつ、なにもかもを隠した、そんなラーメンの前で、そんな言説はなんらの意味もない。豚のための貯金箱を作ろうとして無残な失敗をした、その木材の端切れの燃え滓だ。須山萌香という女に惚れて振られたバカ男の腐敗した脳髄だ。それをトロロ汁と取り違えて食って食あたりで死んだおっさんだ。

あはははははは。あほほほほほほほ。

高笑いが初夏の空に広がっていき、いつまでも消えない。

いい気持ちだ。いい気分だ。リフォームが始まって以来、いやさ、素敵な生活がしたいと志して以来、こんないい気持ちになったのは初めてだ。

それは僕自身がなにか、別のものにすでに変成してしまっているからだろう、素晴らしいことだ。

内臓というものをいったん白紙にしてしまう。そのことの重要性を小鳥が歌ってるのだろうか。生きているということはほんたうに素晴らしいことだ。

ラーメンが運ばれてきた。麺。汁。具。このみっつのものが丼のなかでひとつとなっている。一体となっている。それがラーメンというものだ。そんな自明のことをなぜかもう一度確認したくなるような、そうしたおおらかなラーメンであった。

スープは茶色で油が浮いていた。麺は黄色で縮れていた。具は煮抜、シナチク、焼き豚、海苔であった。

まったく奇を衒ったところがない。完全に透徹したようなラーメンであった。東京から横浜、そして小田原へ旅する間、気をつけていれば六百杯は目にするようなラーメン。

そこのところが大いに素晴らしい。

つまり、主張というものがない。俺が、俺が。という我欲。その一切の我欲を捨て去り、さらに、我、というものを捨て去った人間が作ると、案外こんなシンプルなラーメンになるのかもしれない。

そして味。

私は、蓮華、と名付けられた陶器の匙で、スープを掬い、味わう。舌のうえに雀が這っているような感触があり、その後、喉と脳髄に同時に、味覚の信号がびりびり流れてくる。

普通。きわめて普通の味だった。衝撃的なほどに普通。特色というものがまったく感じられないのである。貶しているのではない。というか、これは最大級の賛辞である。

だってそうだろう、人間のやることである、たとえわずかでも、その人なりの特色というものが、どうしたって滲み出てくる。

ところが、そうしたものが一切ないのだ。それは本当に凄いことである。こんな普通なものは普通、ありえない。ところがそうした、異常なまでの普通が普通にここにある。

普通の幸せ。

そんなライフスタイルを表す言葉が虚しくなる。そして、ちょっぴりセンチな気分になる。私は割り箸という木箸を、えいっ、裂帛の気合いとともに真ふたつに割り、こんだ、麺、を木箸ではさんで口に投入してみた。

予想通りだった。完璧なまでに普通だった。もちろん、具も普通だった。老賢人もぬらりひょんも鉢を持って普通のラーメンを食べていた。気がつけば上臈もラーメンを食べていた。店主と思しき痩せこけた男もラーメンを食べていた。

いつの間にか僕らは輪になっていた。輪になってラーメンを食べていた。僕らはグルグル回転していた。回転の速度が次第にあがって僕たちはただの黒い筋になって、誰が誰かわからなくなった。でもラーメンの丼は離さなかった。僕たちは回転しながら宙に浮き、一陣のつむじ風となって盆地の上空を湾の方へ駆け抜けて消えた。無数の丼鉢だけが地面に落ちて、そして細々に砕けた。

美食放埒

私たちの餓えを清めてください

前菜が飛び交っている
前菜が喚き散らしている
前菜が輝いている
前菜が威厳に満ちている
ソテーされたズッキーニが叫んだ
「人間は前菜だけ食べておればよいのだ。

俺はズッキーニという自分の名前が好きだ」
ハーブソースまみれのタコも叫んだ。
「賛成。オマールのスープやスペアリブなんてものは畢竟、
俺たち前菜のおまけみたいなものだ。
俺はタコという自分の名前を恥じる」
前菜たちは店内を無茶苦茶に飛びまわり、
猛烈な勢いで回転したり好き放題に暴れ散らしている

フェットチーニ
茴香豆(ういきょうまめ)をさしあげたい
真正な食事、神聖な命のダンス
このお店では

十四人の料理人と十四人の給仕人が
たった一人のお客に奉仕する
一憶四千万本のワインが地下に眠っている
時間を咀嚼し時間をのみくだす
爆発するようなインゲンの悲しみごと
ゴトゴト

赤坂山王でタルト
個性的な皿がいかしてる
額装されるワイン
演奏されるポワレ
見習給仕が味の迷宮を全力で走る

伝統が揺らいでこぼれ落ちた一滴の水を味わう
古典が傾いで滴った一掬の水を味わう
人々は水を探して
丸の内から荻窪、三宮をとおってフィレンツェを旅した
人々が動きまわるたびに伝統や古典が揺らいで
水が奈落にこぼれ落ちていった
僕たちはもうからからだ
僕たちはもうからからなんだ

飢渇、僕らにイワシを、鰯のピッツァを
飢渇、僕らに平目を、平目のぶつ切りを

飢渇、僕らにテリーヌを、フォアグラのテリーヌを
飢渇、僕らにソテー、キノコのソテーを
飢渇、僕らにワインを、ぐんぐんに冷却された白ワインを
飢渇、僕らは万民、だから万民向けのお料理を
飢渇、いまこそ
飢渇、いまこそ
飢渇、いまこそ
飢渇、いまこそ
飢渇、いまこそ
飢渇、いまこそ
与えたまえ、与えたまえ、清めたまえ、与えたまえ

激しい波を乗り越えて進む

みよ、いま我らのこころに全滅する鴨ども
目を挙げ、手を挙げ
ナイフを捨てフォークを捨て
箸を握りしめ
みよ、いま我らの鴨に全滅する者ども
驚け

酒にまみれ岩塩にまみれ
松茸に挟撃され
神聖な岩のうえに蘇生せよ
ルルル、ラララ
ルルル、ラララ

眼鏡をかけて独活(うど)を探す
小首をかしげて独活を探す
どこかにきっときっと生えているに違いないと信じ
死化粧して独活を探す
わたし方には塩があり酒がある
わたし方には味噌があり醤油がある

でもわたし方には独活がない
だからわたしは来る日も来る日も
うつむき加減で独活を探す
新宿で渋谷で
播磨で三条堀川で
砂漠で荒野で
包丁と手ぬぐいを高く掲げ
一心不乱に独活を探す
「そんな独活なんていいじゃないか」
「僕が雲丹をごちそうしてあげようか」

耳元でそんなことを囁く者がある

サタンよ、しりぞけ
わたしは君が雲丹をごちそうしてくれないことを知っている
ごちそうしてくれるのはせいぜい場末のレバカツ
惨めな、うんと惨めなマルティーニ
だからわたしは
荒野でひとりで独活をさがす
荒野でひとりでしゃきしゃきの
独活を探す

証から全速力で
運命から全速力で
命から全速力で

永遠から全速力で
四畳半へやってきたカラフルな僕ら
我らは神聖な証の精髄
我らは厳格な運命の精髄
我らは崇高な命の精髄
我らは荘厳な永遠の精髄
四畳半で僕らは精髄の精髄
本質の本質
どうか醤油で
どうか醤油で

百年続いた料亭の坪庭で亀と戯れ

千年続いた料亭の中庭で包丁の曲芸
百人前の丸鍋、千人前のトコブシ含め煮を拵える
「なんでそんなことをするのだ。
たかだか開店三月のヌーベルバーグがっ」
罵られても気にしない
なぜならわたしは波濤を
和の新しく激しい波濤を乗り越えて
ここにきた者であるからである

私たちに普通の食事をお与えください

普段おれは大天使ミカエル
病的なグルマングルメ
ブラックオリーブに死
グリーンアスパラガスに狂気
そんなものを吹き込んで
厨房を恐慌に陥れる

けれども今日のおれは大天使ミカエル
普通のソムリエ
普通のドラゴン
死も狂気も存在しない普通の食堂で
日常の御飯をエコロジカルに
いただきたい

ケにもハレにも歌一首
串焼きといってフォアグラの
ジュンサイも小鉢内で小爆発
自分の食卓

自分の延長
朧月夜の盛り合わせ
無数の命が散らばるジャコ飯が
ひとつの命に集約していく
その刹那の感情を素材とする
クックが義太夫
ボイが伴奏パンクノイズ
そしておれらは大天使ミカエル
軽薄なテキストでジャンプ
それでコースで三千円以下を目指す
それでコースで三千円以下を目指す

私たちをひとつの鍋で

おおぐちを開いて走る
わたしたちの全開の欲望
バーが焼失するので
レストランが溶融するので
わたしたちは大慌てで
敷石を剝がし両手に持ち

あらゆる野暮と不粋を撲殺しながら
夕闇迫る不燃都市を走り回るのであった
ポツッ
懸け橋のような空中カウンター
高さ六メートルの椅子に座り
恐怖におののきながら
外務大臣とカクテル
体重は二十キロも減って
和牛ローストビーフ、産直鮮魚
そんなものをどんどん放り投げる
ソファーに座った客の頭に降りかかる
暮れかかる街

ポツッ
巨大な随分が林立する街
極端な結構が遊弋する街
ここではみんなが初代だ
渦潮も牡丹もひとつの皿に盛って
倦怠も戦争もひとつの鍋で煮て
グラム売りの時間
ダース売りの人間
なんでもとりまぜ
木と紙と金箔でくるんで
押し寄せてくるんだぜ
押し寄せてくるんだぜ

口の方へ口の方へ

ポツッ

雨か

未来の和らぎは苛酷

未来でぼくらは無限に自由
だからぼくらはいま創造された未来を味わい
そして自由だ
命の終焉はブラックオリーブに彩られて
だからぼくらはその先の未来を
いまなんとしてでも先どりしなければならないのだ

そのために使えるものはなんでも使おう
歌えるうたはどんなうたでも歌おう
もはやあたりまえの和食のことなんて忘れた
もうふつうの曲なんて忘れた
でもそれは正しいことなんだ
なぜなら和するとは忘ることだから
皿の上はステージだ
眞鴨よ、歌え
未来の歌、自由の歌を
まみれよ、液体窒素に
白子よ、歌え
白トリュフとともに

茶碗のなかで
遠く心が分かれ離れていく
和するとは調和することなんだ
未来において
味蕾において

肉叉にて貫け、自由を貫け

ここは自由の王国
自由の王国って言語矛盾？
いや、ここは自由の王国
そして諸人は自由の王国の王
諸人が王？
これまた言語矛盾？

いや、諸人は王国の王
諸人はここでまったく完全にアブソルトリー自由

定食というのは危険な概念だ
コースというのは奴隷の思念だ
ブルターニュでローストされて
タスマニアでワカモーレソースにまみれる
そんなのぼくら嫌嫌嫌
そんなのぼくら否否否

ぼくらは王国で自由に生きる
今日は豚の気分だね

モチ豚丸ごと一頭、空中で爆発させてくれ
つまりモチ豚の爆発焼
その際、二階から花を撒き散らし
シャンパンの雨を降らせてくれ

それがどのように危険であろうと
それがどのような逸脱であろうと
ぼくの希望はかならず叶う
なぜならここは自由の王国
皿のうえにしばしたゆたい
肉叉に貫かれ口中に運ばれ
やがて快楽の信号と化し

その後、概念化する
ぼくらの炭化した
自由

私の生と死を溜池山の王に捧げたてまつる

考えないために考える
ぼくらはどの道を行けばよいのか
持たないために持つ
ぼくらはなにを取りなにを捨てればよいのか
そんなことを考えつつ溜池山王
溜池山の王を餐応する日のことを思う

溜池山の王はその名前のように複雑な王だ
池であり、山である
山であり、池である
満々と水をたたえ、かつ
地面から雄々しく隆起して聳えたつ
魚の棲む池であり、同時に
鳥獣の棲む山である偉大な溜池山王

その溜池山王が欲するのは矛盾と驚き
なぜなら溜池山王
そのひと自身が矛盾であり驚きであるからだ

珍奇な平凡
理解しつつ曲解し、曲解において理解する
科学的なオカルト、オカルティックな数学
矛盾に満ちた溜池山王
そのひとはそのようなものを欲するのだ

だから私は、山で獲った蟹を、海で穫ったトリュフを
川で掘った白芋を、森で釣った鯛を
火で練って、水で焼いて
遠く離れた両端をそっと輪につなげ
その輪の表面を滑走
豪奢な矛盾を捧げ奉る

溜池山王に捧げ奉る

考えるために考えない
持つために持たない
生きるために死なない
生きるために
死なない

それそのものの証し

真っ黒い弾丸のようなものだ、と言う人があった
形がないほど柔らかいものだ、と言う人があった
いや違う。金色に輝く輪のようなものだ、と言う人があった。

どれが正しいのかわからない
わからないが、それは確かに存在していて

それが確かに存在していて、そして、
それは時を矢のように貫いているという者があった
それは水のごとくに空間を充ちているのだという者があった
いや違う。それはこの世でないところにある三本の塔を
尋常ではない速度で移動しているのだ、という者があった

どれが正しいのかわからない
わからないがそれは人の生きるところにかならずあって
いつでもあって、そして

わたしどものいのちを満たし、こころを満たし

わたしどもが生きて在ったこと、それそのものの証しとして
この世を貫き、この世に充ち
この世とあの世を行きつ戻りつしているのだ

とそんなことを考えながら
理性が官能の暴虐に
まったく抵抗できないでいる今のその様を
自分のなかのクレージーな中世として楽しんでいる
自分のなかの切迫した音楽として身を委ねている
そのために充ち貫きありてあったもの、ありてあるものが
ありてあるもの、ありてあったものが

六本の大木を仰ぎ見る

転石苔を生ぜずなんてたが言うた
愚だな。ほんたうに愚だな
苔など生やしてたまるものか
ぼくらは、ぼくらの精神は、
暴流のように、光芒のように
けしてけして一箇所にとどまらないんだよ

或いはいお？
というのはととのこと
というのは魚のこと
ぼくらは、ぼくらの欲望は
ゆるゆる流れるムードのなかを、
ぐるぐるぐるぐる回っているんだよ

三鞭酒（シャンパン）を飲みたいなあ、海底で
樹々を眺めながらそよ風を浴びたい
そして、鹿児島の黒豚と山形の牛を食べたいなあ
土壇に出、個室に入

思うことを思うさまになしたいんだよ

教会の鐘の音が聞こえたら
腕を組み足を踏み鳴らして
階段を下りていくんだよ
鳴り響くんだよみえない音楽
舞い散るんだよ
聞こえない花吹雪
荒野にすくと立つんだよ、
六本の大木が。
六本の大木が。

東京の深い町にぼくらじしんを混ぜあわせる

わたしたちのゆかいな混乱
わたしたちのうれしい混沌
松の木に海老がとまっている
クリスタルの茶室でぼくら狂ってる
贅美の果て虚栄の果てで
ぼくら居住まいを正して

ぼくら、舌を拷問
ぼくら、モラルを責問
ぼくらじしんの混ぜあわせ
ぼくらじしんが梅肉まみれ
だから
濃度とは脳度のことだ
温度とは恩度のことだ
照らすに繁茂する植物は規矩を超え
ぎりぎりのところで統御されずにこぼれ落ちつつ
遠くに見える庭園をあざ笑ぃ
いひひ、繁茂してんじゃん

だからぼくたちは
二十二時間営業の果実を収穫し、
明晰に痺れつつ食らい歌う
ぎりぎりのモラルを抱きしめ乱れる
変なスピーカーと挨拶する
ひとかけ十ドルのチョコレート一グラムを貧民に与える
ひとかけ一元の徳目をぼくたちに与えよ
いひひ
うふふ
東京の深い町の夜の犬ども
夜の犬ども

鍋のなかの通常の奇蹟

天地が転覆して気圧が低下していった
それではじめてわかったのだった
これまでぼくらがどんな気圧のなかで生きていたかが
ぼくらの先輩は正真正銘の魔術師だった
ぼくらは魔術をマスターしないと生きていけないと
心の底から信じていたのだった

しかし、いまぼくは
魔術を使わず雲を呼び
魔術を使わず雨を降らす
ぼくらが使うのは通常の奇蹟

通常の訓練された奇蹟
大坂に吸い込まれる豚の耳
鱧にまとわりつく自由の唇
互いに圧力を吸いあって驚きあって
ぼくらの普通の夜の奇蹟

ぼくらの舌と舌の出会い

呼び合つて響きあつて
龍、空に昇つてく
龍、空で爆発する
金の鱗をかむつたラスタマン
そつと秋刀魚を呉れたよ
ウヘヘイ
ウエエイ
ははは。まただよ、またくるよ
ぼくらの素晴らしい
魔術じやないよ
鍋のなかの奇蹟
魔術じやないよ

鍋のなかの奇蹟

星降る夜

星降る夜
僕ら三人うち揃って
おいしくたのしく和食を食べにでかけた
無為徒食
もう三十年そんな生活を続けていた
夜ごと星が降っていた

星降る露地を抜け
僕ら一軒の店に入った
僕ら麦酒を飲み清酒を飲み和食を食べた
懐かしさと新しさが同時に押し寄せてきて
天を仰いだ僕らの顔面にまた降る
夥しい星

星降る夜
あまりにたのしいものだから僕ら
さらに和食を食べにいった
女たちの集う星降るパン屋の前を通って

奥の座敷で三鞭酒飲み葡萄酒飲んで
上着が非礼を働いて
心にルビーが固着して
僕らの座敷が世界地図のど真ん中にぶっ飛んでって
もう土砂降りのように星が降ってきて

帰り道
酔っぱらいのジョナサンと
怠けものでカラオケ狂いの吉野兆吉君
向うから歩いてきて
僕らとすれ違った
無言ですれ違った

その瞬間、僕らは天に昇り夜空を駆け巡り
僕ら自身で星を降らせた
僕ら自身で星を降らせた

自由の丘

現代の潮騒を聞きながら冥府魔道
暗い住宅街
伝統的な家
現代的な家
混じ凝りて立つ道路を経てたどり着いた飛び石
打ってるなあ

打ってるよ
弦歌なんてさんざめくのかなあ
現代音楽が輝いているのかなあ
そんなことを思いながら腰をくねらせ
飛び石を飛んで飛んで
たどりついたのは現代の放牧
伝統の柑橘
或いは、
伝統の自由
現代の平等
そうここは自由の丘
平等院鳳凰堂でナイチンゲールも歌ってる

だから僕らはもはや
伝統に連なった現代で自由自在に
融通無碍に錯乱していられる
楽しいよ
ほんと
楽しいよ
もういっぱい飲もう
もういっぱいだけ飲もう
小さいつなんていらない
自由に惑乱するぼくたち

解説

平松洋子

奇怪な超人、おどま。町田康氏名づけるところの魑魅魍魎による仕業はとどまるところを知らず、それどころか目に余るものがある。今年になって地元の駅構内に横文字の食料品スーパーマーケットができ、あっというまに地元民（もちろん私を含め）を虜にしてしまったのだが、店内にコーヒーショップが併設されており、数種類の小菓子が売られている。大きなショーケースにちょこなんと取り澄ました様子に微妙な洒落臭さを感じて嫌な予感がし、おそるおそる近づいてゴシック体で書かれた商品名を読んでみた。え？　追いかけて、心の叫びが炸裂した。横山やすしの声をお借りします。ええかげんにせんかいほんまに。

小菓子の下、値札にこう書いてあった。

カンノーロ。

おどまの仕業がここにも。私はひとりごちた。まだですか。まだ許してもらえないのですか。まだ新しいカタカナを覚えなくてはならないのですか私たち。カンノーロはシチリアの郷土菓子で、円筒状に丸めた生地の内側に甘いクリームを詰めたもの。チョコレート風味やらチーズ風味やら数種類揃えてあり、力が入っている。映画「ゴッドファーザー」に何度も出てきたから（古くてすみません）知っている人は知っている、かもしれないが、善男善女が買い物ついでにぷらりと寄る中央線沿線駅構内の小さなコーヒーショップで、意味も知らぬまま「カンノーロください」と発語を迫られる事態におののいてしまう。いーや、イタリアものならアルデンテもティラミスもスパゲッティ・アーリオ・オーリオ・エ・ペペロンチーノもルッコラもエクストラバージン・オリーブオイルもそれなりにモノにしてきたじゃありませんかこの国は。窘められればぐうの音も出ないが。

小さな地雷大きな地雷がむやみやたらに仕掛けられた日常、これが生活というものならば、生活はなんと難儀で複雑なものだろう。本書の冒頭、町田氏は「人間が生きる場合、どうしても生活というものをしなければならないというのは実に面倒のくさいことで、私は若い頃より、その面倒のくささをなんとかできないものか、と様々に努力、（中略）心と身体と人間性を砕いてきた」と胸中を吐露し、かくなるうえは「とことんやってやろうじゃないか」生活というものを、とこう宣言することに相成った。トコトーン、スネアードラムの音とともに。

めくるめくトコトーンの連打。素敵な生活を、「私」は果たして手に入れることができるのか。固唾を呑んで一語一文を追うのだが、スットコドッコイの響きを微妙に漂わせるトコトーン、ひと筋縄ではいかない。

「私」が餓鬼道を経巡ることになったのは、家屋の改装工事によって流し台とガスレンジが家から運び出され、煮炊きができなくなったからだ。おそるおそる手を伸ばした「レンジでチンするだけ」のトマトリゾットや「予約でいっぱいの店のパエリア・シェフ入魂のサフラントマトソース」に翻弄され、じつは「予約でいっぱいいっぱい」のシェフの仕打ちに地団駄踏んでいるあたりまでは、こちらも小旗を振りながら「私」の巡行を見守っていられる。しかし、いよいよ「私」が「外食ちゃん」となって街に出てゆくと、もういけない、知らずこちらの呼吸も浅くなる。

「私」のゆく餓鬼道は、私たちみなの餓鬼道でもあるのだった。おどまの攪乱に怯え、他人の嘲笑に耐え、悲しみに沈み、憤怒にまみれ、理不尽に怒り、自業自得に泣き、世間の荒波に弄ばれて青息吐息。しかし、腹は減る。どうしたって、ひもじさには勝てないようにできているのである。以前、長患いをしている身内を病院に見舞ったあと、突然襲ってきた空腹を紛らわせようと近所の食堂にふらふらと吸い込まれ、はて何を食べようかと熱心に品書きを眺めているとき、ああ自分は餓鬼だまったく、と忸怩たる思いにまみれた記憶が戻ってきた。生きる者は、食わねば生きていけない。それこそが生きるということの悲哀だとあらためて気づかされるから、「私」との紐帯を感じて動悸がしてくるのだ。

　その意味において、「私」が満を持して足を踏み入れる店、なみき、は、私たちが明日暖簾をくぐるかもしれぬ居酒屋であり、焼き鳥屋であり、小料理屋であり、カフェであり、蕎麦屋であり、バーであり、鮨屋である。

「吉兆。という言の葉が脳裏に浮かび、僕は奮い立った」

うわ。背筋が震える。吉兆。怖ろしい言の葉だ。これより先は邪の道。いったん頂点まではじけた期待という感情は、現実に即して減じてゆくのが世の常である。外食という行為において、歩まなければならない受難の道が待ち受けているのです。あんのじょう、引き戸を開けた瞬間から次々に降りかかる厄災。しかし、それらいちいちに対する「私」の身の処し方は、いじらしさを超えて高潔ですらある。

「金銭登録機と花と書籍。禅機・禅味或いは頓知の溢れた配列である」

「そう。実家だ。帰省して実家に居て、なにもすることがなく、読むような本もなく、聴きたい音楽もなく、ただ、ぼんやりして新聞の折り込み広告を眺めているときのような、そんな、くつろぎ感覚なのだ」

心がふるふる震える。

焼肉定食の全容をレポートした、そののち。

「さあ、ざっとした紹介が終わったところでいよいよ自分、というのはこの場合、儂のことだが、儂がなにを食べるか決める段になってきた。

こいつは楽しみで、心が枠のようになる。自分はそこに描かれた絵。なみきは、真っ白なキャンバスのようなレストランだ。あっは、あはははははは」

なみきをめぐる「無であり空である」から「超人的料理人からの禅的問いかけ」まで一連七編、めくるめく展開の迫力とおかしみと悲しみが行間から噴出して嗚咽を漏らしそうになる。麦トロやもやしによってもたらされる世間のままならなさ。明日は我が身だと思い知らされ、「私」こと町田氏が導師に映る。

あるいは「吉兆」の果て、味噌汁の具が麩と若布だと知った刹那。

「麩と若布が別に悪いという訳ではない。ただ、なにか頼りなさというか、寄る辺のなさ、というか、存在の不確かさ、というか、そんなものをヒシヒシと、ほんと、ヒシヒシと、感じて、なにか悲しいような、辛いような、真っ暗な夜、霧の立ちこめる田舎道をトボトボひとりで歩いていると遠くで汽笛が鳴った、みたいな寂びしみを感じたのだ」

せつなさが刺さる。このさき私は、麩とわかめの味噌汁の椀を手にするたび、霧の立ちこめる田舎道をトボトボひとりで歩くだろう。特段の寂びしみをありがとうございます。

そういえば、と思い出したことがあった。深沢七郎『生きているのはひまつぶし』のなかに、たしか「喰う」と題した項がある。書棚から取り出してめくってみると、やっぱりおそろしいことが書いてあった。昭和四十六年、深沢七郎は東武線曳舟駅の近くに今川焼屋「夢屋」を開いて評判を取り、ついでに傷害事件なども引き起こし、「夢屋」は話題にこと欠かなかった。深沢七郎はいう。

「そんなこと言っちゃ悪いけど、今川焼き屋してて、今川焼き買いに来た人が、銭を渡してくれるそれだけで、この人は水商売の人かな、カタギの人かなというのがわかるくらい。今川焼きの味までちがってきてるわけだ。なにさこんな味っていうのと、これだけのお金ならこれくらいの味だろうっていうのと、もらった品物もちがう。うんと苦労して、砂漠の中で水を探して飲んだのと、水道の水を飲んだのとでは、同じ水でも、ちがう水の感じがする。それと同じ感覚で、今川焼きの味もちがうわけだ。

感覚によって、同じものでも味がちがってしまうっていうのは、おそろしいことですよ。だからオレは、なるべくカタギの舌で味わっていきたいと思う」

深沢七郎のいう「カタギの舌」は、まさに餓鬼道の荒野をゆく「私」の佇まいに通じる。雑木林を背負って立つラーメンショップ、その名も「天願屋」を舞台に繰り広げられる「矛盾まみれのラーメンショップ」から「静謐なラーメン」まで七編、混沌のなかに身を投じ、さんざん翻弄されたあげくの、一杯のてんがんラーメンとの邂逅。その過程で微に入り細をうがって描写し尽くされる「私」の心の働きは圧巻というほかなく、しかも孔雀の羽を一枚ずつ広げるかのように華麗かつ繊細きわまりなく、一語一文、呆けたように息を呑む。そして、いよいよ「私」を待ち受ける透徹の味――蓮華に充たされた熱く清浄なスープを「私」とともに喉の奥へ送りこみながら、読者が与るのは「カタギの舌」に連なる恩恵である。

煩悩だらけ、荒唐無稽の食う、味わう。しかし、我欲ばかりでは片づけられない。三千世界、生きる者は、食べなければ生きることはできないし、死ぬこともできないのだった。生きとし生ける者みなそれぞれの餓鬼道をゆく、たとえ生きているのはひまつぶしだとしても。念彼観音力、と唱えてみる。観音の力を折にふれ念じ、この難儀で儚い道行きに慈しみの光を注いでくださいと願わずにはおられない。その境地に導いてくれたのは、本書に横溢する智慧のふかさである。

トコトーン。いまさらながらに気がついた。耳に馴じむどころか、頭蓋のなかでいつまでも鳴り響き続けるトコトーンの音、あれは魂鎮めの音だったのだ。

――エッセイスト

この作品は二〇一二年六月小社より刊行されたものです。

餓鬼道巡行

がきどうじゅんこう

町田康

まちだこう

平成29年12月10日　初版発行

発行人――石原正康
編集人――袖山満一子
発行所――株式会社幻冬舎
〒151-0051東京都渋谷区千駄ヶ谷4-9-7
電話　03(5411)6222(営業)
　　　03(5411)6211(編集)
　　振替00120-8-767643
印刷・製本―大日本印刷株式会社
装丁者――高橋雅之

幻冬舎文庫

ISBN978-4-344-42681-8　C0195　ま-34-1

幻冬舎ホームページアドレス　http://www.gentosha.co.jp/
この本に関するご意見・ご感想をメールでお寄せいただく場合は、
comment@gentosha.co.jpまで。